# 格帝亞少女
Goetia
# 純血烙印
05

暮雨
年齡：二十一歲。
個性：魔鬼上司，眼神銳利，總是一副生人勿近的樣子。
身分：時空管理局第二分局武裝科科長。
烙印：右手腕內側。沒有影子。
白火
年齡：十八歲。
個性：溫厚老實，卻很常在心裡吐槽他人。
身分：時空迷子。
烙印：左手手背上。沒有影子。

**艾米爾・沃森**

年齡：十六歲。

個性：溫和的模範生，實則是勞碌命、意外的毒舌。

身分：時空管理局第二分局鑑識科科員。

烙印：右手手背上。沒有影子。

**安赫爾・布瑟斯**

年齡：二十六歲。

個性：吊兒郎當，玩世不恭，唯恐天下不亂的享樂主義者。

身分：時空管理局第二分局局長。

烙印：右眼眼瞼下方，延伸到上眼皮。沒有影子。

**諾瓦爾**

年齡：二十五歲。

個性：輕浮、帶有危險氛圍的神秘青年，擁有一雙邪魅的貓眼。

身分：ＡＥＦ成員。

烙印：頸部。有影子。

**陸昂**

年齡：二十二歲。

個性：給人狡猾狐狸印象的青年，笑裡藏刀，心狠手辣。

身分：ＡＥＦ成員。

烙印：右手手背上。有影子。

**路卡・伯恩**

年齡：二十二歲。
個性：充滿正義感，為數稀少的正常人。總是被整的可憐蟲。
身分：時空管理局第二分局武裝科科員。
烙印：左手臂。沒有影子。

**該隱**

年齡：二十四歲。
個性：容貌出眾的俊美青年，好女色，自稱維持著「動態單身」。
身分：時空管理局第二分局武裝科科員。
烙印：右手手心。沒有影子。

**百里**

年齡：外貌年齡十六歲，實則不詳。
個性：沉穩，和藹可親的長者。
身分：時空管理局第二分局醫療科科員。異邦人。安赫爾的老師。
烙印：無。有影子。

**櫻草**

年齡：十三歲。
個性：脾氣火爆，性格彆扭，卻意外會照顧人。
身分：不詳。
烙印：無。有影子。

**芙蕾希雅・克蘭**

年齡：二十六歲。
個性：剛強豪爽的大姐，擅於照顧人。
身分：時空管理局第二分局鑑識科科員。
烙印：無。有影子。

**荻深樹**

年齡：二十四歲。
個性：思維異於常人的缺陷美女，喜好怪力亂神之事。
身分：時空管理局第二分局武裝科諜報組通訊官。
烙印：左手臂。沒有影子。

**雪莉・米利安**

年齡：十六歲。
個性：可愛甜美，只是性格上似乎有某種遺憾……？
身分：時空管理局第二分局武裝科科員。
烙印：腳踝。沒有影子。

**朔月**

年齡：推估三百歲以上。
個性：憨厚老實的鄰家大哥，反應遲緩。
身分：異邦龍族。時空管理局第二分局調停科科員。
烙印：無。有影子。

## 榭絲卡

年齡：二十三歲。
個性：性感神秘的蛇蠍美人，以玩弄男人為樂。
身分：ＡＥＦ成員。
烙印：右大腿外側。有影子。

## 約書亞

年齡：二十五歲。
個性：溫柔善良，滿溢著慈悲的美青年。
身分：時空管理局第二分局新任武裝科科長。
烙印：心臟。沒有影子。

## 尼歐・哈比森

年齡：十六歲。
個性：不帶情緒起伏，聽命行事。
身分：ＡＥＦ成員。
烙印：無。有影子。

## 梅菲斯・托費勒

年齡：不詳。
個性：陰晴不定，無法猜透心思，笑容下暗藏著一股瘋狂。
身分：ＡＥＦ實驗體中的領袖，聽令於溫斯頓。
烙印：不詳。

**溫斯頓・沃森**

年齡：不詳。
個性：冷靜沉著，講求理性，行事作風穩健。
身分：時空管理特別情報部門首腦。
烙印：無。有影子。

**白隼**

年齡：不詳。
個性：冷靜穩重，臨危不亂。唯獨不擅長應對小孩子。
身分：人造烙印研究員，白火的生父。
烙印：不詳。

**沙利文・白**

年齡：不詳。
個性：眼神總帶股憂鬱的冷漠，行事作風果斷俐落，不喜形於色。
身分：人造烙印研究員，白火的生母。
烙印：不詳。

# Contents

# 楔子．平行世界

你相信平行世界的存在嗎？

只要改變過去，未來也會受之影響，進而形成嶄新的世界。當中也包括無解的謬誤。例如你回到過去殺了我，未來的我也會隨之消失，如此一來，曾經被我救了一命的你又會有何下場？

雞生蛋、蛋生雞的無解輪迴，那就是所謂的時空悖論。

即便如此也無妨，我決定以你做場豪賭。

請帶著我的孩子離開吧，逃到遙遠的另一端時空，就此訣別也在所不惜。

用不著擔心，青金石會引導你們的。

在時空的洪流中，你會忘卻種種回憶，甚至遺忘我的存在，這都無所謂，唯獨別忘記你自己的名字。名字象徵一切起源，只要記得自己的名字，就存有希望。

絕對、絕對不可以忘記，請你永永遠遠記住自己是誰。

你的名字是——

# 01. 銷聲匿跡的三人

時空管理局第二分局正傳來前所未有的騷動。

所有科長分別將科員召集至會議室，各層樓會議室目前人滿為患。如此緊急的會議非比尋常，上一次是森林作戰失敗後與世界政府的責任歸屬會議，這一次恐怕是上頭出了什麼問題，壓不下消息了，才決定亡羊補牢通知所有成員。

路卡看著約書亞走上臺準備進行報告，平時用來解說作戰計畫的白牆投射出螢幕畫面，停格的畫面右側有一張清單，上頭羅列著數個檔案，似乎是某系列的影片。看著尚未按下播放鍵的螢幕，一股不祥的預感叢生於路卡心中，他的運氣向來不好，所以惡運雷達的命中率也特別高。

「今天召集大家前來是有緊急事件發生，請各位保持鎮定。我想，各位多少也聽說了，幾天前起，本分局的安赫爾局長、暮雨前任科長、還有出差中的白火局員，全數無法取得聯繫，行蹤不明。」

臺下的武裝科科員面面相覷，有人瞄了眼和白火交情不錯的路卡，路卡無奈的聳聳肩說：「我也不知道他們跑去哪了啦。」

白火之前只說要出差，現在早就過了期限也沒回來。懲處中的暮雨就更不用提了，人間蒸發狀態。

「就在不久前，各科長收到了世界政府的通知和警告，裡面夾帶著這樣的檔案。」約書亞等待臺下的騷動結束，開始操作電腦。

荻深樹看到畫面裡的人影不禁讚嘆：「嗚哇，那不是安赫爾小夥伴嗎？」幾部影片開始接連播放，多半有安赫爾的身影。平時的安赫爾在局裡多半都穿著白袍，監視器裡的他卻是一身低調的便服，若不是他那頭壓在帽簷下的銀色髮尾，估計根本沒人認得出來是安赫爾本人。

首先是安赫爾進入某棟建築的影片，隨著畫面播放，安赫爾的身上似乎多出了斑斑血跡，肩膀上纏有繃帶，走路的樣子也明顯變得緩慢僵硬。

「政府的特別情報部表示，世界政府內部以及官員宅邸內的監視器分別都有錄到安赫爾局長的蹤影，街道上的監視器也錄下了這個——」

約書亞按了下一部影片，看見影片的科員們更加喧譁。安赫爾身邊竟然出現了某位時空迷子——是櫻草。

「特別情報部表示機密資料在監視器捕捉到局長後不久隨即外洩，不排除是安赫爾局長所為……同時也指出局長挾持著時空迷子逃亡，無法明確得知其最終目的為何。同樣，身為親屬的前科長暮雨也被指出處分期間行蹤不明，不排除兩者有所關聯。」

路卡看見影片後愣了半晌，突然推開了站在他前面的科員，直接衝到會議室前方大叫：「等等，這一定有什麼誤會，局長他們才不會做那種事情！」

「我也這麼想，但是……」

「約書亞，你也知道特情部常常找我們麻煩對吧？上次也把暮雨科長拉下臺……一定是抹黑什麼的！局長雖然常常做些亂七八糟的事，但是他懂得分寸，不會越界的，絕對是有什麼理由——」

約書亞沒有回話，用著略帶悲傷與懊惱的眼神盯著路卡。

路卡被他這麼一看，試圖替局長辯解的聲音也慢慢弱了下來，最後閉上嘴，縮回人群裡。

「可是這種影像是可以合成的吧？對吧對吧？」向來不太會閱讀空氣的荻深樹舉手發問，「誘拐妹子搞失蹤那個可能是真的啦，畢竟最近櫻草小夥伴真的不見了。」話說回來，櫻草的時空裂縫突然提早出現，那女孩現在也回不去了，還真是感傷。

就在臺下一片爭辯時，緊閉的會議室大門突然被撞開，隸屬鑑識科的芙蕾直接跑了進來。

「約書亞科長，事情不好了，請立刻前往大廳。」

「我知道了。」約書亞雖不知道發生什麼事，仍趕緊點點頭前去大廳。

武裝科科員本身就是少數精銳，剩下的科員們面面相覷，連鑑識科的人都跑來傳話了，事情肯定不妙，也分別追了上去。

抵達管理局一樓大廳後，眾人才發現幾乎所有局員都在場，把原本空曠的大廳擠得水洩不通。

路卡推開人海，稍微踮腳一看，發現局員在中央圍出一道人牆，空出一個圓形的小空間，向來不喜歡在大眾前露臉的百里醫生竟然就站在裡面。

而另外一群穿著軍服的政府人馬站在百里面前，有些人拿著槍枝，圍了個半弧將她團團包圍住。大廳裡一時間就變成雙方人馬各占據一邊，軍隊握著武器，管理局的烙印者則保持備戰狀態，緊張情勢一觸即發。

「安赫爾不在，目前局裡最有分量的就是咱，你們有什麼事就直接找咱商量吧，用不著搞些旁門左道。」百里輕輕用指尖拂了耳下的紫羅蘭色短髮，瞪了不遠處的軍人一眼，「那邊的年輕小夥子，把危險的鐵塊收起來吧，你瞧咱這樣的瘦弱老人家有什麼威脅性？家裡沒教導你尊重長輩嗎？」

身為異邦人的百里，眼睛本身就有股魔力，她瞪視人的那雙酒紅色眼珠裡浮現出某種黑色圖騰。被她這一瞪視，持槍的軍人們紛紛嚥了口唾沫，顫抖的握緊槍枝。

「沒關係，放下武器。」

某道略帶嘶啞的低沉嗓音回應，軍人紛紛聽令放下手槍。

路卡聽到那沙啞嗓音的瞬間，立即聯想到了某個人。不出他所料，一位身著淺灰色西裝、戴著圓帽的中年紳士拄著枴杖走了出來。紳士拿下帽子，煞有介事的向百里彎腰致敬。

高瘦到甚至能感覺出骨骼的身形，尾端略微花白的深棕色短髮及鬍鬚，還有那總是拄著枴杖卻高貴優雅的特殊氣質。路卡記得這個人，世界政府特情部的最高領袖。

「瞧你平時彬彬有禮的，咱們合作狀態也算不錯，如今狐狸尾巴露出來了是吧。」

「很榮幸見到您，百里醫生。」

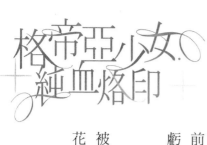

「用不著客套，咱知曉你是誰，溫斯頓．沃森。」百里看著向她致敬的中年紳士，眼睛眨也沒眨，還頗有微詞的哼笑了一聲，「千里迢迢攜家帶眷過來，有何貴幹？」

「這應該是我們的臺詞才對，府上的安赫爾局長可是好幾次闖進來把特情部鬧得雞飛狗跳，還派人偷竊機密資料。在場的各位應該也看到了訊息才是。」

名為溫斯頓的男子重新戴上帽子。見百里沒有回應，他繼續娓娓道來：「前陣子共同作戰也是一樣，多虧管理局指揮不利，我們特情部的人可是狠狠被ＡＥＦ擺了一道，前任科長暮雨不還引咎降職了嗎？我也不想找管理局麻煩，但是幾次算下來，我們吃的虧從沒少過。」

「哦……」

「不過災難後也有收穫就是。」溫斯頓使了個眼色，身後的部下立刻抓了人出來，被抓出來的人滿身傷，身上竟然穿著破破爛爛的武裝科制服，「武裝科果然訓練有素，花了好一番功夫才逼供出來。」

百里盯著被長期拷問、血肉模糊的武裝科科員，皺緊眉頭，沒多說什麼。

倒是被打得傷痕累累的科員一被丟出來，大廳內立刻喧譁聲四起。

「等等，那個人是……」路卡看著被打腫好幾倍的人臉，那不是前陣子被調去出差的同事嗎？現在到底是怎麼回事啊？他們家局長真的讓科員潛入特情部偷資料嗎？

「第二分局從數年前起就計畫用武力壓制特情部對吧？」

「不，這事咱還是第一次耳聞。」

「是真是假就讓我們特情部好好調查一番，若是管理局問心無愧，到時候自然會還各位一個清白。」溫斯頓眼尾掃了一下周圍，「建議你們別輕舉妄動，武裝科。可不是所有局員都像你們一樣是前線人員。」他說完，身邊馬上有軍人把槍對準了手無寸鐵的鑑識科科員。

隨即，溫斯頓用枴杖輕敲了一下地板，身後的軍人像是潮水般散了開來，紛紛開始行動。

「那麼就麻煩各位配合了。羈押第二分局全部局員，現在開始進行管理局內部全面搜查。」

★※★◎★※★

「醒來……安赫爾，醒來，到了。」

開了將近一夜的特快車終於到站，櫻草將隔壁幾乎睡死的安赫爾叫醒，這混飯吃局長睡得很熟，肩膀上的槍傷當然還沒痊癒，不能用搖的。就在櫻草考慮乾脆掐住對方脖子時，安赫爾恰巧張開惺忪的雙眼。

兩人下車後正式抵達第五星都邊境，來到距離人造烙印研究所最近的小鎮，也就是白火和暮雨率先一步前來調查的所在地。

沒有護照的櫻草有辦法搭上私人宇宙航班和特快車連夜趕來這裡，當然是出自局長的顯赫家世。她大概也懂為什麼局長不去醫院了，因為沿途中都有應急醫療措施，而在被溫斯頓追殺的情況下，自然沒時間住院養傷，只能在搭乘長途車程的期間暫時休息。這次隱密行動多少還是藉助了些布瑟斯本家之力，暫時應該不會被掌握行蹤。

安赫爾緩慢下車，哀鳴著：「痛痛痛，果然傷口好得很慢。」他這麼一動，感覺腰部的傷口又裂開來了，果然人老了不適合激烈運動。人生只有一次，下次還是別隨便跳出來捨身救妹子好了。

通訊器被那個老頭打壞了，手機也聯絡不上暮雨老弟，不知道那兩人離開研究所了沒有。安赫爾乾脆直接拜訪小鎮裡唯一的旅館，開始向老闆套話。

「你打算怎麼做？」櫻草悄悄問著，這種節骨眼下總不能自曝局長身分強迫對方屈服淫威吧，研究所附近難保有溫斯頓的眼線。

「哼，妳就乖乖看哥哥表演吧。」安赫爾相當自傲的冷哼一聲，用下巴點了點旅館大門，要櫻草去觀賞他的華麗演出。

兩人走進旅館的當下，安赫爾突然像是癲癇發作似的莫名其妙衝到櫃檯前，身上都是傷的緣故，顯然是不顧傷口撕裂的危險要拚上整條老命。

「請、請幫幫我們！我要找人！」平日一臉悠閒的混飯吃局長一改笑容，寶藍色眼睛裡含著淚水，隔著櫃檯握住旅館大叔的手，「我弟和我妹走丟了啊！親戚捲款潛逃，債權人輾轉找上我們家來要錢，我帶著弟妹們連夜逃了出來，但是途中走散了！我們之前有說好要在附近會合……我有打聽到我弟妹在這裡！不會錯的，一定是！請讓我見見他們啊！」

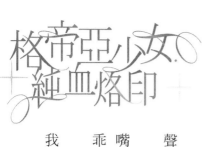

旅館的櫃檯大叔被嚇傻了，旁邊的櫻草也被嚇傻了。

——這瘋子是吃錯藥還是忘記吃藥？

櫻草完全不想看這局長丟人現眼，「我聽你在唬——噗！」

「這是我們家最小的妹妹，叫做小櫻……小櫻快點向叔叔問好！小櫻是個乖孩子，我有抓緊她才沒有走散，我好對不起另外兩個弟妹啊，要是我當時再注意點……所以拜託了，我真的確定他們住在這裡，我告訴您他們長什麼樣子，拜託您幫我找找好嗎！拜託、真的求求您嗚嗚嗚嗚！」

櫻草的「唬爛」一詞之所以沒講完，是因為頭殼突然被安赫爾往下壓，「砰」的一聲，整張臉被迫來個和櫃檯親密接觸的緣故。

「拜託，嗚嗚嗚真的拜託了！小火和小雨都是乖孩子呀，尤其是小雨，那孩子雖然嘴巴很壞、超愛頂嘴、脾氣又差，但是本性善良呀！是個撿到十塊錢也會送去警察局的乖孩子！不會賴床，也會乖乖吃青椒，我們只是想重逢嗚嗚啊啊啊啊……」

「我、我知道了！客人，我馬上確認一下入住名單，您兩位頭抬起來，好嗎？不然我們沒辦法做生意啊！」旅館老闆差不多也快被逼瘋了，馬上開始進行查詢，「您的弟妹長什麼樣子？名字呢？」

「小火她有著一頭黑長髮，就是網路常常說什麼很萌的黑長直啦……我是不太懂哪裡萌……咳，身高大概這樣，皮膚白白的。然後小雨差不多這樣高，綠綠的眼珠子，很好認，眼神差不多就像是被丟到紙箱裡淋了三天三夜大雨差點翹辮子的流浪貓！很凶！面目可憎！大概是這樣，請幫我找一下！」

「你這種屁話誰會——噗！」吐槽到一半的櫻草又被巴了一次頭殼，整張臉栽進櫃檯裡。

——黑長直那個就算了，最好是有身高一百八、未成年還會走散的小男生啦！少在那邊鬼扯！要是讓那個傳說中的魔鬼冰塊聽到，絕對當場送你下地獄！

櫻草宛如惡鬼般怒瞪著入戲百分百的管理局局長。

「老闆叔叔，真的拜託您了，我沒有辦法想像失去弟妹的世界啊，我們家小櫻不可以沒有哥哥姐姐嗚嗚嗚啊啊啊啊！」

「我知道了，我在找了！我已經在幫你找了！」

十分鐘後，安赫爾和櫻草成功潛入白火和暮雨下榻的雙人房裡。

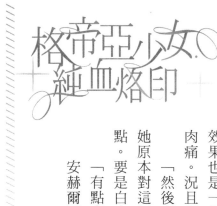

老闆表示小火和小雨入住的當天上午就丟下行李離開了，直到現在還沒回來，離預定退宿日期也還有幾天，要他們先在這裡等人回來。因為逃債的事太過辛酸，老闆也沒多收他們住宿費。

全身掛彩的安赫爾臉上又添了一筆不明所以的巴掌印。十之八九是連續被巴頭殼、火氣衝腦的櫻草的傑作。

「嘖嘖嘖，所以那兩個孩子還待在研究所沒回來是吧。」安赫爾一邊摸著火辣辣的臉頰一邊思考，旁邊這迷子小妹就不能溫柔的對待傷患嗎？他都這麼犧牲演出了，何況效果也是一級棒，那旅館大叔都不疑有他的放他們進房間了，真搞不懂為什麼還會挨皮肉痛。況且拜剛剛的激烈運動所賜，肩膀傷口有點疼，一把老骨頭果然不能太勉強。

「然後呢？你潛進來是要做什麼？」櫻草雙手環抱，不算友善的瞪了安赫爾一眼。她原本對這個替她擋子彈的局長抱持感恩的，現在只後悔剛剛那巴掌怎麼不再打用力一點。要是白火和暮雨沒住在這間旅館裡，她還真想看這局長接下來要怎麼瞎掰。

「有點東西想確認，等我一下。」

安赫爾逕自打開置物櫃，「我找找——我記得應該是黃色的那個。」他拿出放在裡面的黃色行李箱，白火當初請假出差時沒有行李箱可以出遠門，是他把自己的登機箱借給白火的。

小型登機箱不重，大概只放了幾件衣服，身為傷患的安赫爾輕而易舉拖了出來。他把行李箱放到地上，翻了幾下，檢查各個面的外觀，倒是沒打開箱子來看，一來他可沒有失禮到會隨便打開女孩子的行李，何況鑰匙不再他手上。

不一會兒，他從底部滾輪的夾縫那裡拔出某個像是黑色鈕釦的東西。

櫻草湊了過去，「那什麼？」

「ＧＰＳ追蹤器。」安赫爾的臉色不太好看，「果然沒錯。」現在把追蹤器損毀也只會被發現，他索性把小型追蹤器靜置到桌上。

櫻草也知道情況不對，沒有多問，她看著安赫爾拿起旅館房間內的電話開始撥號。因為逃亡的緣故，他害怕位置情報洩漏，於是沒有使用手機。

電話過幾秒後接通。

「喂喂，芙蕾嗎？」

「……安赫爾？」電話那端傳來芙蕾的聲音，芙蕾愣了一下馬上破口大罵：「你這傢伙到底死去哪裡了？還有白火和暮雨為什麼到現在還沒有回來？你知不知道現在局裡一團亂——」

「唉唷，冷靜點。生氣會老喔。」

「現在整個局裡都在傳說你因為私人原因帶走了櫻草！還說你命令科員去特情部竊取資料！你沒事拐個小妹妹做什麼？」

「不要把我講得像是蘿莉控罪犯嘛……」

「快點給我解釋到底發生了什麼事！」

「呃，一言難盡。總之我和櫻草小妹子平安無事，白火妹妹和暮雨老弟嘛……應該沒事。」如果他們沒被研究所抓去實驗的話應該還活著，只是不知道什麼時候會回來就是，「我知道現在局裡一團亂，但我暫時還無法回去，你們自己小心點，尤其是——」

「啪嚓。」

「嘎，電話斷了？不會這麼快吧？真掃興——我都還沒說出那個人的名字耶。」電話那端突然出現雜訊，然後「啪」一聲斷了，安赫爾故作哀愁的掛上聽筒。他點了點兩邊肩膀，比了個耶穌愛你的手勢，默哀三秒，希望管理局的同伴能平安度過難關。

旁邊的櫻草開始想著乾脆直接拿行李箱往愛演——並且礙眼——的局長頭上砸下去時，上鎖的房門突然被打了開來。

一名女性踩著紅色高跟鞋走入房間，一襲輕便襯衫不知怎的，全身都沾著灰塵與髒汙，她戴著大墨鏡看不清楚臉的輪廓，一頭剪得俐落的淺杏色短髮格外醒目。

女性似乎也被房間內的兩人嚇著了，怔忡片刻，馬上閉起微張的嘴唇，從身後摸出了武器對準安赫爾和櫻草。

「雙手舉高，貼到牆上。」

安赫爾和櫻草盯著拿槍對準自己的女性，而後面面相覷，相當配合的雙手舉高，退後貼到牆上。眼前的女人才一登場就隨時準備子彈伺候，這禮數還真是豪華。

「你們怎麼進來的？」

「我才想問妳怎麼進來的咧，這可是我弟妹的房間。」安赫爾也沒說謊就是了，暮雨確實是他的法定血親。

弟妹？完全聽不懂這人在說什麼。女性皺起眉頭，眼角掃了一下地毯上的黃色登機箱，似乎是剛剛被拖出來的，看來眼前的這兩個人動過房間裡的東西。

女性不過是用眼尾掃了一下腳下的登機箱，就在這個剎那，房間角落高舉雙手的安赫爾彷彿看穿她太陽眼鏡下的視線般，一個箭步衝上前，迅雷不及掩耳的抓住她手腕，一個手刀試圖奪下她的槍枝。

「……嘖，你做什麼！」女性怒叫。

安赫爾右眼上的烙印刺青發光，眼珠子轉為赤紅。

「肩膀之前已經被打了一個洞，我現在看到槍有點心理陰霾啊，不好意思。」他腳一勾，把打下來的手槍踢到櫻草身邊，「快撿起來……嗚哇！」

想不到被他制伏住的女性一步也沒退，反而一個迴旋抬高腿，直接用高跟鞋的鞋跟往他腹部踹下去。

腰部有傷的安赫爾為了躲過攻擊，下意識鬆開對方的手往後退，可是對方還沒打算放過他，踢空後又是轉身，向前蹬步，朝他直直揮拳。

安赫爾看著飛過來的拳頭，打從心底愣住了。

女性的手——竟然凝聚著白色火焰。

與他四目交接的女性似乎沒有料到他的烙印力量為何，而由於被緩速的緣故，她揮拳的速度變慢了，安赫爾及時回過神閃開拳頭上的白色火焰，側身一彎，「討厭，哥哥我可是傷患啊……」忍住傷口撕裂的疼痛再次抓住女性的手腕往下掰，反扣到對方背後，然後朝對方膝蓋內側踢一腳，逼對方跪倒在地。

櫻草也沒閒在那，馬上用撿來的槍瞄準女性的腦袋，並伸手扯掉對方的墨鏡。

「再問妳一次，妳是誰？」好不容易制伏住對方，安赫爾頓了一下，「那……這樣說好了，妳和白火有什麼關係？」純種本身就少見，何況竟然和白火擁有相同的烙印能力，安赫爾怎麼想都覺得事情有蹊蹺。

女性用灰雲般的瞳孔瞥頭瞪向身後的安赫爾，「……先自報家門是基本常識吧。」

「安赫爾．布瑟斯，管理局第二分局的局長。」安赫爾頓了一下，繼續道：「為了找我家局員白火才過來的。好了，換妳。」

畢竟他常常把世界政府搞得雞飛狗跳，行事作風也是亂七八糟，安赫爾自認為自己在各方面而言知名度並不小，這名女性不可能沒看過他的臉。

但預料之外，對方聽到他的名字一點反應也沒有，反倒是下一刻得知白火也隸屬第二分局時，明顯瞪大了雙眼。

女性沉默了良久，才乖乖說道：「沙利文·白。隸屬世界政府的研究員。」

聽見對方的姓氏時，安赫爾不免「哇塞」了一聲，當場讚嘆世界還真小，以及大自然孕育萬物的奧妙，「可是奇怪了，白火妹妹不是來自過去的原始人嗎？妳跟她是什麼關係啊？」

「或許你可能不信，不過我是白火的母親。」

瞧著眼前這自稱是白火母親的女性，安赫爾認真開始懷疑這女人多半也是和他一樣用超級狗血認親手法才騙過旅館大叔混進來的。

櫻草待在旅館房間裡，沒放下手上的槍，相當不明所以的盯著眼前局勢。

稍早被壓制住、名為沙利文的女研究員坐在椅子上，雙手被安赫爾不知哪裡摸來的麻繩反綁到身後。

在場兩個人都相當明白沙利文只要有心，輕輕鬆鬆就能燒掉手上的繩子。她會這麼配合被挾持，至少證明了沒打算再和安赫爾對峙下去。

安赫爾和名為沙利文的女研究員互相凝視著彼此，久久不移開視線，那眼神一開始還能勉強稱為望穿秋水，久了之後越來越像是血債血還的仇敵。兩人動也不動，櫻草甚至一度懷疑整個房間的人都被緩速了，重點是一直保持著持槍狀態的她手很痠。

又過了好一段時間，安赫爾深深吸口氣，「所以簡單來講就是——陰錯陽差之下恢復記憶的我的兄弟和妳的女兒成功闖進你們的研究所，裡頭的紅髮貓眼終於告訴他們天機不可洩漏的殘酷真相，這時突然被辮子男襲擊。好不容易逃出研究所後，櫻草小妹子家的時空裂縫竟然提早出現，好死不死降落在你們頭上，妳女兒為了救妳而被吸了進去，我兄弟看見下屬被黑洞吃掉了於是也自告奮勇飛進去救人，兩人相親相愛的跑到未來五年後當亡命鴛鴦。旁邊的貓眼仔則向妳大概解釋了至今為止的來龍去脈，妳嚇得說不出話來。貓眼仔又保證會把那對亡命鴛鴦帶回來，接著自己也跳了進去。現場頓時只剩下妳孤伶伶一個人在那邊風中殘燭，是吧？」

聽著他這一點也不簡單的冗詞贅句以及誤用成語多到想殺死人的統整，沙利文竟然心平氣和的頷首，「對，大致上就是這樣。」

「研究所因為外人入侵陷入一片混亂，妳趁勢帶著機密資料逃了出來，現在被警備追殺中？」

「嗯。」

「奇怪了，妳大可以說自己是被我老弟挾持的啊，幹嘛逃走？」

沙利文撇過臉，沉默了一段時間，「……已經夠了。我不想再幹這種骯髒勾當了。」

當白火知道人體實驗的真相後，掐著她的衣領逼問為什麼要做這種事，這時，心中就有股聲音不斷追問著沙利文：要是她的孩子長大發現自己的命是踩過成千上萬的屍體換來的，會做何感想？

至少當時，她那「來自未來的孩子」所露出的夾帶憤怒與哀傷的神情，她永遠無法忘懷。

「我推測白火他們來到研究所前應該有在附近的城鎮做準備，便一路追尋過來。」畢竟他們兩人以浮空機車代步，多半是在城裡租來的，距離研究所最近的城鎮也就只有一處，「然後我找到他們下榻的房間，遇到了你們。」

安赫爾難得信服的點點頭，見眼前的女性如此認真，他有點抱歉當初還懷疑對方是用了狗血認親法才進來的。真是對不起。

「那我們現在的關係有點微妙耶，不是敵人了？」

「暫時不是。」

「小白火——妳女兒現在幾歲了？」

「三歲多。」

說完，兩人又沉默不說話，各自盤算著什麼。旁邊繼續持槍的櫻草已經快瘋了。

按照紅髮貓眼對沙利文的解釋，白火其實是3005C.E.的未來人，小時候被吸到人造裂縫前往臺灣，長大後又被紅髮貓眼帶到公元三千年。他家暮雨也是走相同模式，只是時代比較近而已。

安赫爾轉轉眼珠子，開始在心中列出年代表。

2997C.E.，白火誕生。

3000C.E.，好像會發生什麼很恐怖的大浩劫。總之世界毀一半了。

3003C.E.左右，白家收留了暮雨，暮雨和白火同年。至於那個叫做小黑的管家，估計在更早之前就待在白火家了。

3005C.E.，小黑把白火和暮雨送進人造時空裂縫裡，時空裂縫形成不完全的緣故，時空錯亂，三人分別被送往不同時空。

2987C. E.，被送往過去的暮雨成為時空迷子，之後被安赫爾的家庭領養。

3000C. E.，同樣被送往過去，在臺灣長大的白火又被抓來公元三千年的世界，和管理局的暮雨重逢。

所以現在公元三千年裡有兩個白火、兩個暮雨。硬要算的話，其實還有兩個櫻草。

奇怪了，那一起飛進時空裂縫裡的小黑跑去哪了？

「……」人老了腦袋不太靈光的局長頭有點痛。一想到他的法定兄弟現在在這世界分裂了就有點發毛，但是又有點想瞧瞧看小時候的暮雨長怎樣，內心兩難中。

基本上打算合作的沙利文，眼神已經卸下稍早的敵意，「你打算要我怎麼做？」

「先顧好妳家人吧，妳老公和小白火現在沒問題嗎？」

「家裡有警備，暫時撐得住，但是若不介意的話我想先回家一趟，你們擔心我逃跑的話可以一起過來。至於我丈夫，他正好在別的星都出差中，還沒聯絡上。」

「所以妳老公還不知道現在這裡天翻地覆囉？」看著沙利文點點頭，安赫爾立即想到歪點子，「可以請妳老公到第二星都順手積個陰德嗎？我非常需要他的慈善救援，之後會好好報恩的。」

「你想做——」沙利文話還沒說完，門外一陣巨響打斷她的話。

旅館走廊傳來數道腳步聲和怒吼，木製房門一瞬間爆了開來，一隻腳把門踹出個大洞，數位身穿軍服的持槍男子闖入房間裡，炮火全對準他們，「統統不准動！把那女人交出來！」

本能反應，安赫爾的眼睛馬上轉為紅色，瞪向闖進來的不速之客，「也太快了吧，你們家效率很好耶！」軍人與他四目交接的同時，動作立刻被放慢好幾倍，趕在對方開槍之前，安赫爾迅速抓起沙利文的手——被綁在椅子上的沙利文早在前一刻就燒掉繩子站了起來。

沙利文從口袋裡摸出某樣東西，是一張撲克牌，她將聚滿火焰的紙牌朝軍人們腳下射了過去，對方頓時被浩大的火圈包圍。

安赫爾看著銀色烈火，再次深刻領悟到血緣與基因的奧妙，畢竟白火當初也說過什麼「試來試去還是撲克牌最好丟」的鬼話。

「窗戶打開跳下去，二樓死不了。」安赫爾把兩名女性往後一推，繼續直直瞪著門口的軍人，感覺到身後的人乖乖跳下窗口後，他也一步步後退，踩上窗框跳出房間外。

安赫爾移開視線跳下去的瞬間，軍人才有辦法扣下扳機，子彈打在窗邊的牆上。

「快追！別讓他們跑了！」

「車子停在附近，跟我過來！」率先落地的沙利文立刻繞過旅館建築，往後面草叢衝刺。

櫻草扶住最後跳下來的安赫爾後，連忙追上去。

「安赫爾，沒事吧？」

「我下輩子想當刀槍不入的鋼鐵人……」深深覺得骨頭快被解體了，先前被轟了幾槍、現在又跳樓的安赫爾只能皺著臉努力向前跑。

隱密草叢內果然藏了一輛小型車，櫻草把安赫爾胡亂塞進車廂裡，自己也趕緊坐了進去。

「坐好，要走了！」沙利文立刻開車衝出草叢，撞倒了幾個剛好從二樓跳下來的追兵，幾名軍人身上還有著火燒的痕跡。

沙利文應該已經把烙印力量解除了才對，不然一想到燒起來的旅館房間，安赫爾就覺得平白無故被捲進來的旅館老闆有點可憐。

整個人幾乎快蒙主寵召的安赫爾倒在車廂裡，櫻草相當體貼的替他繫上安全帶以免他滾到車子底下。沙利文將方向盤一轉，搭載浮力機能的高科技車輛升上高空，停滯到一定高度後繼續高速而行。她頻頻往窗外看，暫時還沒人追上來。

沙利文一邊轉著方向盤，一邊把手機拋到後座，「拿去，已經撥好了。」

安赫爾看著手機螢幕，上面顯示著「白隼」，和以前暮雨拿給他的識別證是同一個名字，看來確實是白火的父親沒錯。

「喂喂喂，您好您好，請問是白隼先生嗎？不好意思借用一下您夫人的手機。」安赫爾對著聽筒說話，頓了一下，道：「總之，呃，您夫人在我手上。」

「正經點，你這個白痴！」旁邊的櫻草聽到差點當場掐死他。

電話另一端明顯也傳來狐疑的驚叫，對方說了些什麼，安赫爾點點頭，「所以幫個忙啦，共體時艱嘛，共體時艱。」他交代一些事項後，把手機還給正在開車的沙利文。

「嗯，我沒事，大致上就是這樣……我知道了，你自己也小心點。那就拜託你了，之後會合。」沙利文歪頭用肩膀壓著手機，快速結束通話後就把手機丟到副駕駛座的椅墊上，看來是個遵守交通規則的好公民，除了情非得已飆車這點之外。

她接著從抽屜裡拿出一盒東西，是醫藥箱，丟給後座的兩人，「處理一下傷口。先回我家一趟，確認孩子們平安後就送你們回第二星都。」

車內安靜下來，安赫爾重新包紮慘不忍睹的傷口，三人不再交談。

★※★◎★※★

沙利文開車的速度相當快，約莫一小時左右的車程，車子降落在某棟郊外別墅的停車格內。別墅占地不小，還附有草皮庭院，四周分別安置著警備與巡邏機器人。沙利文率先下車瀏覽四周，追殺他們的軍隊似乎還沒闖進來，「沒事，出來吧。」她示意後座的兩人快點下車。

繞回前門庭院，和周圍的警備說了幾句話，沙利文領著安赫爾他們進屋。

走近房子的他們才剛關上門，就看見有個小小身影從客廳裡蹦蹦跳跳跑出來。

「媽媽——歡迎回來！」一位目測不到五歲的小女孩盤住沙利文的腿，「這次好快喔，工作辛苦了！」

沙利文彎下腰來，輕撫著女孩直順的黑髮，「我回來了，白火，有好好看家嗎？」

「嗯，剛剛在和小黑玩！」小白火歪著頭，這時才發現還有其他訪客，「啊，有大姐姐，大姐姐！妳來我們家玩嗎？為什麼會來？妳是誰？」

「不能告訴妳。」櫻草看著眼前的小女孩，她有點沒辦法把現在的她和長大後的白火搭上線。

倒是一旁的安赫爾立刻開啟了某種蘿莉控開關。

「嗚嗚嗚，局長我現在難以壓抑內心的波濤洶湧啊！這個白白嫩嫩軟軟的可愛小麻糬是什麼東西！」就算之後被告誘拐兒童或是性騷擾也無所謂了，他忍住心中天崩地裂的吶喊聲，蹲下來一把抱住眼前的小女孩，「這世界上竟然有這麼可愛的東西，真想讓大白火也來看看！雖然聽起來根本像在插死亡旗，不過這場戰爭結束後妳要不要和大哥哥回家？」

目睹人體的奧妙，他相當認真的開始考慮風波結束後要不要辭掉管理局的工作，改行去當個小兒科醫師，那裡一定是天堂。反正他自有一套治小屁孩的招數，遇到死小孩也可以好好玩一番來紓解壓力。啊啊，要是再晚個幾年來就好了，到時候還能看到聽說自閉到不行的怕生小暮雨……

這時有個冰冷的東西貼上安赫爾後腦杓，「閉上嘴，雙手舉高退後。」沙利文搶過櫻草手上的槍，鐵青著一張臉瞪向正在騷擾她女兒的潛在兒童誘拐犯。

「好啦好啦……嘖，好歹她也是我下屬啊……」二度被槍抵著後腦杓的安赫爾乖乖照做，護女心切的母親果然可怕。

「白火，過來這裡，離那個怪叔叔遠點。」

「大哥哥我才不是怪叔叔！而且那孩子好歹也是我家員工好嗎！」

「媽媽有說過不能隨便使用烙印力量。」沙利文蹲下來摸摸白火的臉，然後指指一臉痛心的某混飯吃局長，「但是這個人沒關係，妳想燒就燒吧。」

「……」

旁觀者的櫻草也跟著落井下石：「你活該。」

「嗚，人、人家只是想說看不到小暮雨，就想轉移點注意力嘛。唉，好想看看小暮雨的樣子啊，欺負起來一定很好玩……」

「夫人，歡迎回來。」又有一個人從客廳裡走了出來，是位比小白火稍微年長，約莫十歲左右的小男孩，穿著相當規矩的白襯衫與黑背心，衣領口打了個端正的蝴蝶結。

安赫爾看到男孩的當下，立即被男孩那雙貓咪般的琥珀色眼珠子吸引住。

沙利文也明白，比了個噤聲的手勢要安赫爾閉嘴，她走上前摸摸小男孩的頭，「都說幾次了，用不著叫我夫人。有乖乖看家嗎？」

「是的，老爺剛才有來電。已經準備好了。」

「乖孩子。」

沙利文摸摸男孩一頭蓬鬆的酒紅色自然捲短髮，快步前往客廳，果然裡面多了兩個行李箱，沙利文稍稍打開一看，放滿了簡便衣物和基本生活用品。男孩接著又遞給她一個公事包，裡面放著文件、隨身碟和護照。

安赫爾看著小男孩俐落到不行的手腕，不免嘖嘖稱奇道：「這小忠犬，啊不，小忠喵還訓練的真好。」不知道現在開始重新教育他家老弟會不會還來得及？他等不及回去實驗了。

「走了，趁還沒被抓到，和你們一起回第二分局。」沙利文再次環視房子內部，確認無誤後安排大家從後門偷偷離開，並且請相關警備繼續守著空屋，營造出家裡還有人的假象，至少可以撐一段時間。

「妳不等大隻的紅髮貓眼他們回來嗎？」

「已經和那人說好會依情勢行動了，我相信他自己懂得變通。」

小男孩靈敏的率領大家坐進車裡，小白火似乎相當黏著他，只好連帶櫻草將這三隻小孩安排到後座坐在一起，安赫爾換到副駕駛座。

「雖然我沒有資格這麼說，但是……請盡量不要和孩子們有所接觸。」沙利文關上車門，啟動引擎，「我知道未來必須改變，但是孩子是無辜的，別把他們牽扯進去。」

「那是當然。」安赫爾難得表示同意，「但願今後一切平安。」話才剛說完，就感覺到後座一陣搖晃，是還沒繫好安全帶的小白火在亂動。

「小黑，我們要去哪裡？」

「旅行。」男孩相當坦然的丟了這兩個字，眼睛連眨都沒眨。

「大家一起去旅行？出去玩嗎？去哪玩？爸爸呢？」

「白隼先生等等就會過來了，所以小姐要當個乖孩子喔。」一邊說著，男孩朝小白火伸出小指，「來，約好了。」

「我知道了，打勾勾——！」

安赫爾不禁讚嘆，還真是個幸福美滿的家庭縮影，不知道小暮雨加進來後會變成什麼樣子。不，不對，如果世界就此一片祥和的話，小暮雨也不會成為孤兒，不會被白家收留，不會成為白家一分子。如此一來，小暮雨也不會被送到過去，再次被收養……

「我怕機場也有眼線，你們當初怎麼過來的？」沙利文一邊開車一邊問。

「唔，動用了點大人的秘密。」

「那好，怎麼過來就怎麼回去。」

安赫爾沒有回話，越想越頭痛，索性閉上眼放空。

# 02. 埋伏於陰影的背叛者

路卡雙手被反銬在背後，蜷縮在某個房間的角落。儘管看不到時鐘與晝夜轉換，他篤定這種狀態至少持續了將近一整天。

特情部的負責人溫斯頓闖進管理局，以管理局企圖用武力壓制特情部為由，把大家統統抓到世界政府的拘留所。基於局裡還有非戰鬥人員的普通局員，劣勢之下管理局只好乖乖照辦。

全數被抓來拘留所後，他們竟然當場被「分類」，分成普通人類和烙印者，各自被送往不同的牢房。路卡自此和荻深樹分開，無法辨明諜報組和鑑識科人員的去向。

他不曉得一般局員被送到哪，相較之下，武裝科的烙印者各個被銬上抑制烙印力量的特殊手銬，送往特殊牢房。路卡現在就獨自被關在單人牢房裡，外頭時不時還有穿著軍服的人巡邏。

「竟然把局裡搞成這樣……先不管職權位階了，局長回來之後我一定要狠狠揍他一頓……暮雨科長就算了，打不贏。」其實他連局長也打不贏，不過沒關係，能揍到對方一拳也好。

所有隨身物品被沒收，手機、手錶和電腦也被拿掉了。路卡扭扭手臂，果然無法發

美好童趣
你的就是我的！
唉，你們兩個……
你的布丁就是我的布丁啦！
嗚……那是我的布丁……
典藏閣 格帝亞少女～純血烙印/響生X高橋麵包 ©Copyright 2017 非賣品

動烙印力量，他也試過直接拿手銬去撞鐵欄杆，結果撞不斷，倒是他的手快斷了。到底是什麼神秘金屬才能做到這種高科技性能啊？

從早上到現在都還沒吃東西，他忍著暈眩用力站起來，貼到牢門前對巡邏的軍人大吼：「喂，放我出去！到底要我們待多久啊！」

「閉嘴，伊格斯特的走狗！乖乖給我去旁邊蹲著！」

「好、好凶……」路卡很沒骨氣的縮回去。沒辦法，他現在可能連隻貓都打不贏。

肚子好餓，全身痠痛，好想回家，乾脆把頭卡在欄杆縫製造事故，把軍人引過來後幹掉對方好了……不對，這種情況下先被幹掉的絕對是自己……血糖低到不行，路卡渙散的貼到牆上，闔上雙眼。

冷不防聽見鞋跟敲擊地面高速奔馳的聲音，真嚴重，這下他連幻覺都出現了。

「讓開，一群雜碎少來擋老娘的路！」

幻覺強大之餘，熟悉到不行的咆哮甚至傳入他耳裡。

「老虎不發威你當我病貓啊！恁祖媽沉浸在哀傷中你們這群垃圾還敢來亂，歹年冬厚蕭郎，活膩了想當消波塊是吧？等等老娘就如你所願把你頭殼灌水泥沉港口讓你新的一年直接變忌日！霹靂無敵雪莉迴旋踢啊——！」

一聲巨響，路卡眼睛還沒張開就聽到淒慘的悲鳴，然後看到走廊上有人比了個響亮的中指，吼道：「鞋子塞你屁眼，去死個一百次吧，白痴！」

「雪、雪莉？！」看著嬌小的金髮少女狠狠踩住剛剛叫他回去蹲牢房的軍人，路卡目瞪口呆，「妳怎麼逃出來的啊？」雪莉的情況應該是被銬住腳鐐，她是用了什麼縮骨術才掙脫的啊？

「路卡，你沒事吧？人家現在放你出來！」雪莉抓住軍人的頭髮，相當粗魯的往上扯，伸進對方口袋裡亂抓一通，「帶那麼多支搞屁啊！你家開五金行喔！」摸出一串鑰匙後又是一踹，把暈倒的軍人踢回地上。

路卡這時才發現那軍人的褲子鼓鼓的，腳上鞋子少一隻，該不會真的被塞了什麼東西進去吧……

雪莉把鑰匙一支支插進牢房門鎖口比對，其中一支果然是對的，打開牢房後立刻把路卡抓出來。

「妳怎麼會在這裡？」他記得溫斯頓那群人跟蝗蟲一樣把管理局掃了一圈，扣留文件檔案，並把能抓的科員都抓來了，雪莉怎麼會沒事？

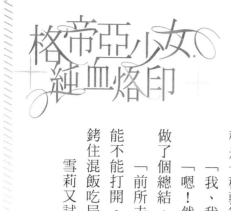

「人家待在醫院裡嘛。」

「嘎？」

「就是呀，最近人家的暮雨先生不是被那些垃圾給陰了嘛，人家生了心病，這陣子都待在醫院裡以淚洗面……嗚嗚，人家那命運多舛的暮雨先生啊……」雪莉講到「垃圾」這詞時凶神惡煞的宛如地獄修羅，但是提到暮雨後又笑得春暖花開，這表情變化也能堪稱是一種藝術了。

「我、我大概懂了。總之他們沒有查到病房裡就是了吧。」

「嗯！然後人家發現局裡好像出了問題，就偷偷跟過來了。幸好有跟上來。」雪莉做了個總結，扯一下路卡手銬上的鎖鏈，「你這手銬怎麼看起來不太一樣？」

「前所未見的高科技產品，被銬住後沒辦法使用烙印，也打不壞。妳看看那串鑰匙能不能打開。」撇開第一印象很差，這手銬也算挺奇葩，帶一、兩個回去做紀念好了。銬住混飯吃局長，看他以後還敢不敢亂來。

雪莉又試了幾把鑰匙，不久，「喀啷」一聲，雙手重新獲得自由的路卡伸伸懶腰。

——非常好的開始，接下來只剩下救援同伴和填飽肚子。

「所以到底是發生什麼事了？」

路卡簡短的告知來龍去脈，雪莉聽完又罵了一句：「那群宇宙廢棄物！」

「現在也不知道大家在哪……有種不好的感覺，得快點找到大家才行。」而且雪莉一定沿途踹死不少警備，不知道其他局員會不會遭受私刑報復，「把大家救出來後再集體行動，這樣比較安全。」

兩人點點頭，合力把屁眼被塞鞋子的軍人丟到牢裡鎖起來，開始尋找拘留所的其他局員。

拘留所的設計和一般的牢房不同，呈現灰白基調，通道宛如樹狀圖般分支無數條，走廊細長筆直，空氣中瀰漫著一股難以言喻的藥品味，牢房數不多，間隔相當大，稍微一點動靜，回音就會傳盪到遠方。

沿途雪莉又踢飛了幾個警備，仍然找不到其他被關的武裝科科員。

「奇怪？」路卡彎下腰，發現倒在地上的軍人手上有烙印刺青，卻擁有影子，「辯子男和紅髮貓眼那一掛的？」人造格帝亞烙印，他腦海中冷不防閃過這個詞。這群傢伙不是世界政府特情部的人嗎？怎麼會和ＡＥＦ的恐怖分子有關聯？

「……噓，有人過來了。」

雪莉聽到走廊對面的腳步聲，連忙把路卡抓到轉角躲起來。兩人貼上牆，偷偷用眼尾一掃，看到迎面而來的人影後各自瞪大雙眼。

「路卡先生，雪莉小姐？」

「艾米爾？」

「太好了，兩位都平安無事……」

艾米爾按著心臟狂跳的胸口，收起因警戒而拿出的烙印手槍。

「艾米爾，你沒事吧！」看見自家夥伴還活著，路卡不自覺搖了搖艾米爾的肩膀，激動的追問：「只有你一個？有看見其他人嗎？」

「我也是剛剛逃出來，然後就遇見了兩位，大家可能分別被關到其他地方了吧。這裡不知道為什麼空間很大，局員們也被分散了。」艾米爾被搖得七葷八素，還是苦笑著沒做反抗，看來完全能體會路卡當下激動萬分的心情，「不好意思，現在沒什麼時間敘舊……我很擔心時間一久會出什麼意外，不如我們兵分兩路去幫助其他人吧？」

「你一個人單獨行動？」這種情況下落單不是更危險嗎？

「沒問題的。」艾米爾亮出黑色手槍，手背上的烙印發著光。多少可以撐一下。

「……我知道了，那就麻煩你了，艾米爾。」路卡點點頭。

這次主謀者是溫斯頓——艾米爾的父親，他原本想說些什麼安慰的話，卻一時語塞說不出口。

分秒必爭下沒辦法多加思考，他抓著雪莉就往反方向跑，「那我們先走了，你自己要小心點啊！」

「兩位也是。」艾米爾看著離去的兩道身影，稍稍行了個禮。

★※★◎★※★

發疼的腦袋嗡嗡作響，朔月從昏迷中甦醒，視界一片朦朧。

陰暗燈光加上思緒恍惚，他眨了好幾次眼睛才看清楚當前景色。

光線薄弱的灰白色四方形空間，有扇看似鎖死的鐵門，房間內除了他坐著的椅子外空無一物，他就這樣被繩子、鎖鏈等等五花大綁纏在椅子上。模樣有點像是纏緊風箏線的臘腸。

思考了幾秒，朔月發出「啊」的一聲：「我想起來了，我，大家，被抓起來……」有群軍人突然闖進管理局，莫名其妙的把他們全抓起來。

那群軍人看見他有龍角後似乎用了什麼方法將他制伏，然後注射了奇怪的藥劑……他現在雙手被反綁還外加銬上手銬，沒辦法觸碰自己的脖子，但沒意外的話，頸部那裡應該有個注射孔。

朔月稍稍用點力，手銬好像由特殊材質製成，用蠻力打不開。於是他深深吸口氣，發出一聲悶哼，久違的施出全部的力量，而後「啪嚓」一聲，被繞到椅背後方的手腕傳來鐵鎖斷裂的清脆聲音。

朔月掙脫掉手銬，手上不知何時浮現出綠色鱗片與利爪，後面的手一扳，身上的麻繩先是斷了幾條，他鬆脫般的扭動身體，嫌麻煩的乾脆用手直接把身上鎖鍊折彎扯斷。

瞬間變成破銅爛鐵的金屬噹啷啷掉了下來，朔月站起來甩甩發疼的四肢。

局長平時有囑咐過不能在人面前使用全力，不過現在房間內也看不到任何人，所以應該沒關係吧。成功掙脫鎖鏈後他又伸了個懶腰，才發現剛才一個過度使力，平日藏好的龍尾巴竟然露餡跑出來了。

朔月回頭看了一下自己墨綠色布滿鱗片的尾巴，「……啊，都忘了，要收好。」局長有說過隨便露出尾巴會嚇到人，輕則革職，重則褫奪公權。身為異邦人的他今後還得在公元三千年繼續活下去，這可不能開玩笑。

運用某種不明的力量之後，朔月再度恢復與平日無異的人形外貌，尾巴和手上的鱗片利爪都消失了。他晃著高大的身軀，率性走到看似出口的鐵門，腳一抬，朝鐵鎖部分踹下去。

鐵門當場被踹破一個洞，像是破木門那樣自己打了開來。先別論朔月那人畜無害還帶點慵懶的面容，身高接近兩公尺、輕而易舉就踹破鐵門的行為儼然就是個活動兵器。

「好長的走廊喔——」朔月探出頭左看看右看看，筆直的走廊兩端看不到盡頭，頭頂上的燈光一閃一閃的，亮度灰暗。確認沒有人，他踏出牢房。

才走沒多久，就看見長廊對面有人跑了過來。

「朔月，你沒事吧？」穿著鑑識科服裝的金髮少年快步跑上前，「你也被關在這裡嗎？」他記得被抓來這的多半是有武力威脅的烙印者，沒想到朔月這隻龍也在這裡。

艾米爾瞄了一眼朔月走出來的牢房，鐵鎖鐵門全部像是紙屑一樣散落一地，這隻龍的破壞力也太恐怖了吧。

朔月開心的笑了，「艾米爾——終於，見到認識的人了。」

「總之先離開這裡吧，朔月。」

「其他人，怎麼辦？」

「救出多一點人後再來想辦法。」

艾米爾抓著朔月厚實的大手往回跑，明明監牢關著科員們，四周卻安靜的詭異，只能聽聞規律的呼息聲和鞋板踏上地面磁磚的聲音。

這份寂靜沒有持續太久。

艾米爾才剛帶著朔月轉過第一個長廊彎道，就看見一群人影團團圍在前方。長廊空蕩冷清，一旦有動靜反倒清晰入耳，好幾位軍人從對面走了過來，頭頂上的燈光照下，拖曳出長長的影子。

明明四肢刻鏤著蛇身般的玄色刺青，卻仍然擁有影子的人們。

「溫斯頓先生要我們小心那個異邦龍族，那個特殊牢房可能也關不住他。好險有過來檢查，果然逃出來了。」帶頭的女性走上前，撩開滑順的深紫色長髮。

女性的裝扮明顯和身後的軍人有別，她竟然穿著緊貼身軀的黑色連身長裙，裙衩一路開到大腿，她每向前走一步，裙襬搖曳，雪白纖細的大腿若隱若現。

光滑白嫩的大腿上不見絲毫傷痕，正是如此，腿上的黑色紋樣更顯奪目。

朔月一看見對方的面孔，馬上想起自己曾見過這名女性，說：「妳是，之前欺負路卡的壞人。」

「你說之前摔下懸崖的那個？」女性歪歪頭，紫色長髮如瀑垂下腰際，「我警告過他了，投降可以活命，他沒聽進去就是了。」

「路卡他們，在哪裡？」

「研究稍微算成功了，稍微試用一下。」她答非所問，朝後方的軍人使使眼色，下令：「包圍起來。」

朔月和艾米爾身後是長不見底的走廊，自然逃不掉，即刻就被阻擋去路。

「你們到底，是誰？」

「反伊格斯特武裝組織，簡稱ＡＥＦ。我是榭絲卡。」榭絲卡輕撫了一下大腿，刺青發出光芒，光線增強的當下，她腳下的黑影也更為深刻，「或是你可以稱呼我們為無力扭轉命運的可悲人士，比較長，但是比較好記。」

轉瞬間，原本空無一物的指縫竟然出現了數把飛刀，在榭絲卡語音落下的剎那，冷灰色的刀芒割破空氣就要螫上朔月的眼睛，「艾米爾，小心！」動作緩慢的朔月反射性的把自己當盾牌，護住矮自己一大截的艾米爾，隨即撞在牆上，發出悶哼一聲。

朔月沒有完全閃過這記攻擊，臉頰傳來一股熱流，他感覺到某種液體湧出肌膚，滑落至他的下巴。

「沒事吧，艾米爾，有沒有受傷？」他厭惡鬥爭與流血，絕非必要不然不會動手，眼前情急之下也是優先保護同伴。

長廊高度不夠，他沒辦法變回原形，撐破建築物讓水泥塊掉下砸到人反而更危險。

朔月懷裡的人安靜了好一陣子，遲遲沒有回話。

「艾米爾……？艾米爾，受傷了嗎？哪裡痛？」

軍隊更加縮小包圍圈，榭絲卡搖晃著婀娜的身姿走了過來。人群包圍著他們，影子也包圍著他們，朔月再怎麼不擅長思考，也察覺到危機正一點一滴扼住他們的頸子，迫使他們窒息。

艾米爾仍舊保持緘默，連呼吸聲也止住。

會意過來的瞬間，朔月的心臟像是被掐進冰河裡般，寒透四肢百骸。

「……請原諒我。」

艾米爾用手肘撞開他的腹部，身子一轉拿出手槍，朝他頭部扣下扳機。

★※★◎★※★

「……等等。」

路卡猛然停下腳步，盯著跑在前方的雪莉。

「路卡，怎麼了嗎？」雪莉跟著停下來往後看一眼。路卡的神情明顯不對，平時呆呆傻傻的又好騙，現在竟然緊繃著整張臉，這還是她第一次看到那種表情。

「好像有哪裡……怪怪的。那副手銬！」

「什麼？」

不顧雪莉狐疑的眼神，路卡走上前抓住她的肩膀，連珠炮的開口說道：「所有烙印者被關進來時都被銬上了特殊手銬，我從早上開始就試了幾百次，特殊手銬用任何外力包括烙印力量都無法破壞，撞也撞不爛，唯一的方法是用鑰匙打開。目前擁有手銬鑰匙的人只有雪莉，換句話說，有辦法開鎖的也只有妳而已。」

管理局的烙印者全被強押進拘留所，並銬上了手銬才對。

艾米爾．沃森。

溫斯頓的養子。

剛才因為逃出來不久，思緒一片混亂，但是靜下心來後路卡才發覺疑點重重，可怕的預感搔刮著他的背脊，他不願意這樣懷疑同伴，只是，只是——

「艾米爾為什麼有辦法逃出來？」

★※★◎★※★

打從出生不久——雖說對人類而言，至少也是三百年前的事了——朔月就知道自己和其他同伴不太一樣，尤其是腦袋和思考能力，他的反應總是慢半拍；性格也是如此，一般龍族厭惡群聚與干涉他人事務，但他相當喜歡與同伴群聚在一起的溫暖氛圍。在原本的世界中，他活得不算愉快，但也稱不上悲情，唯一記得的是總是被稱為異類。

某次他被奇怪的黑洞吸了進去，陰錯陽差之下來到公元三千年的世界。新認識的朋友們也和他以前的同伴一樣，總是笑他動作慢又笨，根本是塊大木頭，然而大家調侃歸調侃，仍不顧慮種族之差的將他納入團體中。

橫越時空裂縫、產生記憶錯亂的他遺忘了大部分的往事，但他心中某處仍依稀惦記著，他自好久好久以前就渴望著這股能與孤獨隔絕的暖流。

為了今後能在公元三千年生存，他化身為人形，卻怎樣也藏不住頭上的一對龍角。龍角是他們龍族驕傲的象徵，顯露在外也不是壞事，唯獨有不少人看見他的角就會伸手想觸摸，這總引來一陣紛亂。

他只肯讓信賴之人碰觸他的角。

像是局長、路卡、荻通訊官，以及最近來到局裡的新人白火，她每次看到他的角也欲言又止，下次如果有機會的話讓她摸摸也無妨。

對了，還有那個人，那個人也碰過他的角。

那位當初第一時間將他救回管理局的少年——艾米爾也摸過他的角。而且還是第一位觸碰他的角的人類。

艾米爾身高不高，因此他會蹲下來，讓艾米爾不用踮腳就能觸碰到他引以為傲的墨色龍角。艾米爾說那觸感有點像厚厚堆疊的結晶或壓克力，他也不太懂那是什麼意思，總之觸感勉強及格就是了。

有時候，他還會偷偷化為龍形，載著路卡和艾米爾在空中翱翔——

「朔月！朔月，張開眼睛……快點醒醒啊！」

冰冷與灼熱感交織纏繞，形成一股微妙的氣流傳遞到朔月的每一條神經，他喉嚨嘶啞無法發出聲音，總覺得有股東西正緩慢的自他指尖流失。

朔月甚至聽見了，某種液體汩汩流出，彷彿溪水流動的細小聲音。

胸臆間溢滿著某種酸楚，以他為中心，赤紅一片，彷彿嫣紅的花朵開遍滿地。

朔月張開恍惚的雙眼——眼皮溼黏，使了點力才勉強撐開——就看見似曾相識的面容，「路，卡……」對方臉頰一片朦朧，他是聽見了聲音，看見那翠綠的眼珠子才意識到對方是誰。路卡的眼睛一直都很漂亮。

「我，好奇怪，不知道，為什麼會……」

「撐著點，馬上就帶你出去，沒事的……沒事的！」

「我，只是，不懂，為什麼……」

意識彷彿退潮般離他遠去，他氣若游絲的牽動嘴角，呼出一口充滿血腥味的嘆息。

「艾米爾，他，在哭……」

★※★◎★※★

路卡和雪莉循著原路追上艾米爾時，正好響起震耳欲聾的槍響，鼓膜中的耳鳴尚未消退，路卡眼睜睜目睹身形龐大的朔月仰身一倒，身體像是彈簧般抽搐了一下，沒入暗紅色的血泊中。

「朔月！」

「你這該死的傢伙——」換上長靴的雪莉早在前一刻衝上前去，「你對朔月做了什麼！」扭身踢開外圍的軍人頸項，踩上另一個軍人的肩膀跳上空，腳伸直，後腳跟朝開槍的金髮少年直劈下去，「為什麼要這麼做！你怎麼敢開槍？！」

艾米爾雙手交疊護住頭部，擋住雪莉的飛踢後退了幾步，恰好站到身後的連身裙女性旁邊。路卡記得很清楚，是上次把他推下懸崖的恐怖分子，叫做榭絲卡。

「朔月！朔月，張開眼睛……快點醒醒啊！」平時負責狙擊的路卡此刻無法發揮實力，血液衝上腦袋，他趁著雪莉壓制住對方時衝進包圍網，跪在以朔月為中心漫溢而出的血泊中，「朔月！你為什麼……為什麼會——」

「艾米爾，他，在哭……」

朔月吐出夾帶血沫的吐息，再次闔上眼。

「朔月！朔月！」路卡緊抓住他的手，還有心跳和呼吸。

路卡的指尖發冷泛白，他護住朔月寬大而僵硬的肩膀，仰視前方，「為什麼……要這麼做？」路卡不敢相信自己的聲音竟然如此顫抖，不只是聲音，他甚至失去力氣般，連朔月的肩膀也無法環抱住。

艾米爾低頭凝視著路卡眼裡的怔忡與憎惡，他藍晶石般的眼瞳平靜如水。

「我是艾米爾……艾米爾．沃森。溫斯頓的養子，僅此而已。」就像是砸到牆上的橡皮球，他不帶情感的言詞立刻彈了回來。

「你一直都是那邊的人嗎？加入管理局只是騙我們的嗎！」

艾米爾沒有回應，甩掉了臉上和槍上的血漬。由於近距離開槍的緣故，鮮血噴灑了他一身，「……還有用處，帶走。」他以眼神示意其他軍人，又看了眼倒地的朔月，斑斑血跡映照至他眼瞳。

異邦龍族的血液和人類並沒有什麼分別，鮮紅而濃稠，帶點腥甜的鐵鏽味。

剛才近距離朝朔月開了一槍，朔月運氣好閃過了子彈，原本會射進眉心的鐵塊削過去打斷了龍角。他趁著對方錯愕之際又開了一槍，第二發子彈打在朔月的腹部。

雪莉一腳踢開逼近自己的軍人，擋在路卡和朔月面前，氣焰之大一時間無人敢接近她。領頭的榭絲卡可就不是如此了，她無視那股怒氣，反握著飛刀衝向雪莉眼前。

「滾開，臭老太婆！家務事輪不到妳這外人插手！」

第一把射過去的刀子理所當然被踢掉了，那只是障眼法，榭絲卡利用對方踢開刀子的空檔俯身衝上前，往上一刺，用另一把飛刀抵住雪莉的脖子，「我是不太想管，不過這孩子是我們這裡的，從頭到尾都是。你們才是外人。」

「你不是說你還是嬰兒的時候就被管理局收留了嗎？百里醫生也照顧過你啊！你還說過、你還……」路卡像是哮喘發作般發狂的呼吸吐氣，「那都是騙我們的嗎？給我說話啊，艾米爾！」

「……」

「不會原諒你……竟敢做這種事，我可不會原諒你！」路卡的咆哮引起眾人耳鳴。

雪莉抵擋不住攻勢，榭絲卡的刀鋒即將刺上她的咽喉。

就在那俄頃，距離他們不遠的牆壁彷彿煙花般壯烈的爆破開來，動與靜的分水嶺，因爆炸一分為二。

最外圍的軍人當場被炸飛，正在展開的血腥衝突瞬間更加的混亂，塵埃紛飛，遮盲了所有人的視線。路卡被煙霧嗆得眼淚直流，身體也不知怎的自己動了起來，像是被施了咒語般，他下意識的低身護住瀕臨生死界線的朔月，擋住飛來的碎石塊。

爆破產生的巨大瓦礫噴向正抵住雪莉脖子的榭絲卡，當意識到不分開的話兩人都會被砸傷，兩位女性識相的往兩邊跳。雪莉一記迴旋，踢開撲上臉前的碎瓦，石塊飛了回去，重新撞上對面的牆。

天花板的燈泡破裂，亮度霎時暗下。

煙霧尚未散去，就有兩個人從炸破的牆壁裡衝出來。

「路卡，雪莉！你們真的在這裡……」第一個衝進來的竟然是該隱，由於張開了結界的緣故，那場爆炸沒有傷到他分毫，「那個博士順著追蹤器的座標追了過來，座標上一團人全擠在這裡，想說會有什麼危險，好險趕上了……等等，朔月怎麼會──」

「別問那麼多！快點想想辦法！」路卡對著該隱大吼。

「我知道了！總之先離開這裡，你們快把人抬進去！」情勢緊迫，該隱只瞅了眼渾身是血的朔月，就立刻擋在他們面前，掩護他們逃進炸開的牆壁裡，並朝著牆壁破洞大喊：「白隼博士，交給您了！」

聽見這名字，榭絲卡眉梢一挑，朝著煙霧未散的洞口望過去，「白隼博士？」視野不佳，她只能看到一個人影在洞口裡忽明忽滅，這時腹部猝然傳來重擊──單單只是她斜眼瞄向洞口的剎那，一記嬌小而銳利的飛踢不偏不倚踹向她的側腰。

「死老太婆，才不會讓妳攪局！」雪莉那一踹還不夠，立刻再用掌心貼住榭絲卡的咽喉收緊，用蠻力把她往牆壁撞去，同時轉向後方確認路卡已經把朔月搬到牆壁的破洞裡，「該隱，走了！」

「妳先過去，我殿後！」

雪莉放開榭絲卡，鞋跟一踮，也往牆壁的大洞撤退。該隱擋在洞口前，張開烙印結界，現場槍聲此起彼落，彈道軌跡彷彿蜘蛛吐出的絲線般一齊射向他，打上玻璃表面似的結界後又彈了回去。

場面一片混亂，但他沒有漏看，開槍的人群裡有著艾米爾。

路卡帶著朔月逃離的蹤跡，拖曳出長長血線，「快點，我要撐不住了啦！」呈現蛋殼半圓狀的防護罩出現裂痕，該隱皺緊冒出冷汗的眉頭，對著尚未完全離開戰線的路卡大吼。朔月身高接近兩公尺，路卡扛著他當然行動緩慢。

該隱張設的結界宛如鏡面破裂般開始龜裂，要是碎了，身為烙印者的他可能也會當場暈死在這裡。確認身後的人撤退得差不多後，該隱腳一縮，收起結界的瞬間拔退就往後跑。

「慢著！」艾米爾手槍對準闃黑的牆壁坑洞，猶豫了片刻，扣下扳機。

逃難中的其中一道人影一晃，發出遭受槍擊的悶哼。

這時坑洞裡的人似乎又從牆裡丟了什麼東西出來，「……快退後！」艾米爾趕緊抓著身邊最近的軍人往旁邊倒。

又是一陣巨大的轟炸聲，炸彈炸碎其他面的牆壁，煙霧散去後，再也看不見路卡一行人的蹤影。

★※★◎★※★

帶著該隱前來救援的，是一位名叫白隼的研究員，同樣隸屬世界政府特情部。

該隱表示，他被抓進拘留所不久後，那位名為白隼的研究員就出現了，白隼和同樣身為特情部的軍人起了衝突，把他救了出來。他們也在途中救出了百里醫生，百里和朔月一樣雖然為異邦人，卻也和烙印者一樣被囚禁於同一個拘留所。

白隼接著查詢了軍人們攜帶的通訊器，查詢座標，發現拘留所內某一區聚滿了人，兩人都有股不好的預感，他和白隼當下就往那裡前進。炸壞牆壁也是白隼的傑作，似乎是用了什麼特殊炸藥。

成功逃出拘留所後，百里早一步把白隼的車子開出來，他們馬上坐上車，來到某個偏僻郊區的老舊小屋避難。車程不算短，幸虧車上有急救箱，暫時替傷勢嚴重的朔月進行應急措施。

一路上白隼似乎都在和某位女性通話，交代些事項後關掉手機、系統定位以及通訊器等等，所有會洩漏出行蹤的電子儀器都關了。這樣特情部的人暫時不會找上門。

路卡一聽見白隼的名字就感覺有蹊蹺，然而情勢緊急的狀況下他也不好意思多問。

抵達藏身小屋後，他們馬上安置傷勢最重的朔月。

這間小屋似乎是白隼私下進行研究的地方，比起老舊的外觀，內部倒是乾淨整潔，還備有基本醫療配備和藥劑，百里醫生立刻進行緊急手術。其實不只是朔月，路卡在逃跑時腿部也被轟了一槍，開槍的人是艾米爾。

奇妙的是傷口不深，頂多只是擦過大腿而已。那種距離和情勢下，艾米爾大可以朝著黑暗連續開槍，就算沒辦法一槍斃命，至少也可以把路卡射穿成蜂窩。

但是他沒有。

「算不幸中的大幸，烙印槍的子彈不會留在體內。何況咱們異邦人比起你們人類，身體痊癒的速度更快，這孩子沒事的。」手術告一段落，百里身上染血的衣袍沒有立刻換掉。她已經縫好朔月的傷口了，頭上的角一槍，腹部也一槍，傷勢嚴重，但是已脫離險境，「還有哪個孩子需要上藥的？」

所有人搖搖頭。百里滿意的拔下手套和口罩。

「吶，其他人該怎麼辦？」路卡詢問著來救人的該隱。

像是約書亞和荻深樹，大多數的局員都還被關在那裡，行政人員的芙蕾可能暫時不會有危險，但難保特情部的人會對約書亞科長做出什麼事情來。

該隱聳聳肩，沒有說話。其他人先別提，荻深樹的話，大概就算是世界末日她也能活得好好的。

兵荒馬亂一陣後，這下眾人總算暫時可以喘口氣。緊繃的氛圍蔓延至整個空間，趕在路卡開口前，名為白隼的男子就先說道：「你們的局長等等會來這裡，到時候再一起解釋吧。」

「為什麼要幫我們？」

「或許聽名字多少能猜出來，我是白火的父親。」白隼平鋪直敘，沒有刻意的停頓及情緒，他接著補充：「不是未來的，而是現在的白火。我也是剛剛才得知這件事。」

「……未來的？現在的？什麼意思？」剛剛不停講手機就是在談這件事嗎？

「剛才在拘留所的那些人，是人造烙印的成功實驗體，和ＡＥＦ成員類似。剩下的之後再說吧。」

「那個……艾米爾呢？剛剛那個金髮少年。」雪莉有些顧忌的舉手，「他一直都在你們特情部裡面嗎？」

「這我就不清楚了，沒見過那孩子……我不太喜歡去記小孩的臉。」語畢，白隼不再說話，現場再度恢復一片寂靜。

所有人幾乎一整天都沒進食，百里醫生借了廚房去做點東西來吃，冰箱裡頂多只放了些方便食品和營養劑。也好，反正這情況下多半沒幾個人嚥得下食物。

小屋的空間勉強可以容納現場的人數，朔月占用了唯一的一張床，大家各自倚靠著窗邊和牆面，靠坐下來休息了好一段時間。

幾個小時後，午夜來臨，趴在床邊睡著的路卡感受到床鋪有震動。

「嗚、唔……」床上的朔月發出嘶啞的呻吟，路卡登時睡意全無，振起身子緊握住朔月的手。

朔月緩慢的撐開眼皮，空虛的望著天花板上的白熾燈泡，吐息平順，宛若折莖的花朵般深陷床鋪裡。

朔月鬆開路卡握住自己的手，慢慢按上腦殼，每往上碰一點，手指就彷彿來到新家庭的貓咪般，膽怯的退縮回去。

其實朔月再清楚不過，不用任何人告知他，他也清楚有什麼東西消失了。

只是當指尖確切的碰觸到頭頂上斷裂的某個東西時，眼淚終於撲簌簌的從他眼眶裡掉了出來。

「角，我的角……我的，角……」朔月抓緊頭頂上的繃帶，傷口湧出的血液浸溼白色布條，他怯怯的盯著自己開著血花的掌心，「路卡，我的角，嗚、哇啊啊啊啊……」

「不要哭了，會幫你接回來的啦！百里醫生很厲害的，而且還有局長在啊，一定會沒事——」

「為什麼，要背叛，艾米爾……艾米爾……嗚哇哇啊啊……」

身材高大的朔夜此刻宛如棄嬰般嚎啕大哭，豆大的眼淚濡溼枕頭，他的掌心掩著雙眸，染血的掌心貼上眼窩，倍感溼黏。無論路卡怎樣阻止也沒用，他彷彿深陷夢魘般頻頻呼喚著艾米爾的名字。

到最後路卡也放棄了，悶悶的坐回床邊的椅子，「我也想問啊！要是知道的話我還會待在這裡嗎……那小子……」

路卡和朔月等人都是近幾年內加入管理局的年輕局員，儘管如此，也耳聞過艾米爾的身世。艾米爾與溫斯頓的關係是一大禁忌，識相的局員向來閉口不提。當事人本身也顧慮著父親的職位，從以前就刻意避開局內的相關內情。

「那小子……從以前就只敢欺負我，這次也一樣。明明能打中心臟，卻硬要在腳上開一槍。」

路卡一直都清楚艾米爾不擅長應付人群，仍時常勉強自己出席公眾場合；怕血、怕痛，但還是為了搭救迷子把自己摔得渾身傷；送回搭救的迷子後，下班後會躲在房間裡哭，隔天腫著雙眼向同事道早安。

因為是孤兒，艾米爾比誰都珍惜家人。有一次聖誕節，路卡因為嫌麻煩而不想回老家，結果被艾米爾狠狠訓了一頓。

他有時候會看到艾米爾躲避眾人耳目，偷偷讀著家人寄來的信件，艾米爾從不提信件內容為何，但他可以從對方的指尖略知一二。艾米爾的手指總是沾著反覆摩擦信紙而出現的墨水漬，書信的墨水字跡也比一般信紙來的淺淡。

如今回想起來，信中的內容究竟為何呢？溫斯頓究竟是在信紙上道出普通的親子情誼，還是——

「不會原諒他的，把他抓回來，逼他道歉，然後……」

究竟是已經把話講完了，還是途中閉上了嘴，路卡自己也不清楚了。

房間門這時被打開，白隼走了進來，身後還跟了幾個人，其中一個是再熟悉不過的面孔。

「怎麼啦？這媲美告別式的沉重空氣。」安赫爾一進門，幾乎可以看見流淌在空氣中的憂鬱低氣壓，「局長我是不是錯過了什麼傷心難過的悲慘世界啦？」

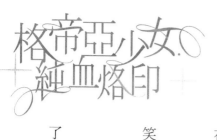

按照往常，相當不會閱讀空氣的局長大搖大擺走進來。

「安赫爾，你到底是死去哪了！還有人家的暮雨先生呢？」

「妳先等等啦，我們連夜趕場很累耶，宇宙船、飛機、特快車無縫接軌，骨頭快散了，讓我休息一下。」

該隱倒是被後面走進來的沙利文和小孩們吸引注意，「等等，這兩個小孩是？好像在哪看過……」沙利文牽著兩個小孩，尤其是黑髮那位，他總覺得有股既視感。

沙利文下意識護住了兩個小孩，「稍後會做解釋，還請盡量不要和他們有接觸。」

「白火！我叫做白火！」倒是小女孩相當不安分的從沙利文手臂裡鑽出來，露齒一笑，指著旁邊的男孩大喊：「旁邊這個是小黑，大家好——」

她喊到一半又被沙利文抓回去摀住嘴巴：「安靜點。」

但是剛才那喧譁大家可沒聽漏，在場所有人都傻了，「啊？不是吧？」

「總之就是這樣啦，只可意會無法言傳，嗯。」安赫爾用眼神示意了一下，小聲說了句：「小孩先帶去別的房間吧，別讓他們聽到。」

懂得看場合的小黑馬上向大家行了個禮，「那麼先失陪了。」然後自然的帶著小白火離開現場。

「那麼就開始吧。不好意思姍姍來遲，乖寶寶們統統來這裡集合，局長要宣布重要事項了。」安赫爾俏皮的眨眼，發出極度不合時宜的矯情口號：「讓我們來一起拯救世界吧！」

# 03. 報春花的世界

不斷的、不斷的下沉。

就像是被深海擁抱般，寒冷、孤獨、空虛，聽不見任何聲音。

低溫包裹著她的身軀，她感覺到一股力量捉住她的四肢，將她緩慢拖入更為深層的冰冷水域中。

頸子上的青金石項鍊閃爍著光芒。

她張開眼，湖水刺激著瞳孔，頭頂上凝聚著藍光的湖面漸漸遠去。

「貓咪！」

她聽見了稚嫩的女童聲音。

「貓咪！我們來玩嘛。」

「不是，我不是貓。只是眼睛很像貓而已。」

然後出現第二個人的聲音，是比起小女孩稍微年長一些、細細柔柔的中性嗓音。冷靜的口吻搭配這幼嫩的少年聲調，多了些讓人莞爾的反差。

「那你叫什麼名字呀？」

緊接著，她看見一個人，那位被小女孩稱為「貓咪」的少年。

貓咪轉轉蜂蜜色的眼珠子。明明根本不知道眼前的幻象為何物，她卻能依稀察覺到貓咪的內心想法：他的名字對這年紀的小女孩而言有點難發音。反正名字不是多麼重要的事，外號也好，總之能用來搪塞小孩子的話什麼都行。

「不然，您就叫我小黑吧。」貓咪思考了片刻，如此說道。

「小黑？小黑？可是你一點也不黑呀。」小女孩摸摸貓咪的臉頰，酒紅色光澤的頭髮，還有琥珀黃的杏仁大眼，怎麼樣也無法聯想到黑色。

「但是我的本名是『黑色』的意思。所以您就叫我小黑吧。」

「你不告訴我名字嗎？」

「長大了就告訴您。」

「這樣啊……那約好了喔！我們來打勾勾一言為定！」

而後，她看見小女孩和貓咪打了個勾勾當作約定。

瞧見這番幻象的她，像是被不可思議的力量牽引似的，跟著小女孩一起抬起手，對空無一物的前方勾起手指。

湖水浮力的緣故，她就算四肢無力，仍能輕鬆的抬起手臂，對著懸浮氣泡的水中蓋了個章。

貓咪。

酒紅色的……琥珀色的……和黑色一點關聯也沒有，名為小黑的貓咪。

「約好了，小黑……你的名字，究竟是……」

她——白火繼續向下沉。

白火再次張開被湖水凍到疼痛的眼皮，思緒重新運轉，冰冷的體溫讓她察覺自己正處於水中。

黑色的長髮彷彿水草般化散而開，滲進嘴唇裡的冰水沒有鹹味，不是海，是湖水。

湖中的藍色世界虛幻的令人讚嘆，無疑是個美夢。

她呈現後腦杓往下的狀態，朝湖底繼續下沉，直到氧氣漸漸用盡，她下意識吸了口氣，才察覺吸進去的只有湖水，嗆得全吐了出來。

「貓咪，貓……咪……咕、咕嚕咕嚕咕嚕……噗啊！」

身體顫動不已，加上嘴巴吐出來的水，白火四周揚起一大片白色泡沫。她可沒聽說過天底下有哪種夢境會讓人直接溺死的，隨時要窒息的她扭動身子，一股腦就是拚命往上游，求生意識就是這點令人讚嘆。

「咕嚕……嚕嚕、噗！」

就在白火差不多要和世界道別的時候，用盡全力向上游的她終於探出湖面。

「噗啊！咳、咳咳咳！哈啊、哈啊……」

整個頭露出湖面，她大口大口吸著空氣，被鼻腔殘留的湖水刺激得眼淚直流。

「差點……差點、死掉……」

好險浮上來就看得到岸邊，湖底很深，踩不到底，她虛脫的攀到岸上喘氣，才驚覺岸上竟然有雙腳。

白火昂首一看，恰巧看見某個熟面孔。

對方和她四目交接，無奈的瞇起眼珠子，蹲下來繼續用綠色眼瞳盯著她。

「沒事吧？」暮雨抬頭看了一下天空，又低頭瞄了一下渾身溼透的白火，大概明白發生了什麼事，「妳是怎麼飛的才會掉進湖裡？」從高空像是高爾夫球一桿進洞似的撲通掉進湖裡，這人沒溺死還真不簡單。

「這點……我才想問……」白火接過他遞來的手，像是抓到浮木般爬上岸，「咳咳咳咳！」全身溼透還吐出了好幾口水，那模樣說有多淒慘就有多淒慘。

事到如今也顧不了形象了，應該說她本來就沒有那種包袱。爬上岸後，白火像是擰抹布那樣把頭髮和衣角擰乾，長褲和靴子也吸飽水分，每一個步伐都重得像是綁上鉛塊在走路。

她甩開身上多餘的水分，才剛重整士氣站起來，就看見有件外套遞到自己的眼前。目測尺碼不小。

「穿著吧。」暮雨不知何時脫掉自己身上的外套，往白火懷裡塞。

「謝、謝謝。」白火愣了愣，反正自己已經是這副狼狽樣，加上風吹來還真的有點冷，她也沒推託的接過暮雨的外套就穿上，袖子長得連手指指尖也伸不出袖口，「好大件喔。」

「不要廢話。」

多半也習慣暮雨的冷言相向了，她不以為意的瀏覽四周，腦袋還有點迷茫，花了好些時間才釐清現況。

她和暮雨在第五星都的人造烙印研究所得到人造烙印的真相，並且遇見了諾瓦爾和沙利文——她的母親，3000C.E. 的、並未認出他們來的沙利文。

接著，她和暮雨被吸入了 3005C.E. 的時空裂縫，輾轉來到了這裡。

來到 3005C.E. 的世界，他們似乎沒有像管理局的迷子那樣被鑑識科送去急救，也很幸運的沒有陷入昏迷或失憶……雖然差點溺死了就是。

周遭的風景死寂，灰雲天空下只看得見湖泊和稀疏乾裂的草地，他們或許是降落在荒郊野外的緣故，不見任何人影。

看不見太陽的陰天，涼爽而不到寒冷，白火猜想現在可能是夏天。

白火檢查了一下隨身物品，公元三千年的高科技手機、通訊器和管理局配給的手錶型電腦自然都有防水功能，但都收不到訊號，打開來全是電波異常的雜訊和黑畫面，估計是穿越時空裂縫時損壞的。

所幸脖子上的青金石項鍊沒有遺失。而且她聽得懂暮雨在講什麼，萬用翻譯器應該也沒壞。

這個感受不到生氣與溫度的世界就是五年後的未來，櫻草不願回歸的夢魘。

自然形成的時空裂縫成雙成對，把他們吸進去的裂縫是第二次生成的，換句話說，他們也無法回到原本的時空了。

「先找找看附近有沒有人吧。」暮雨等待白火靜下來後，再次移動腳步。

導航全毀，身邊也沒有類似指北針的東西，暮雨瞄了一下遠方，湖泊對面似乎有一棟建築，決定先往那裡走。

兩人穿越湖泊和稀疏的植物林，來到不遠處類似鐵皮屋的破舊工業建築。外面停了幾輛超級浮空機車，怎麼看都像有人活動的跡象。

「妳在外面等著。」暮雨丟下這句話，就逕自打開門走進鐵皮屋內。

衣服差不多乾一半的白火打了個噴嚏當作是回應，乖乖在外面等待。

幾分鐘後，只聽見鐵皮屋內傳來幾道叫囂和金屬碰撞的聲音，「匡啷啷！」屋內的易碎物似乎碎了整排，雨點般源源不絕的破裂聲傳入耳裡。

暮雨踹開門走了出來，手腕上的烙印發著餘光，估計是做了什麼不可告人的狠事。

他的表情是一如往常的撲克臉，手上不知道為什麼多出一串鑰匙，「走了。」暮雨甩著鑰匙，示意白火快點跟上，快步走到浮空機車旁，插上鑰匙發動，「動作快點，好像中獎了。」

「啊？」

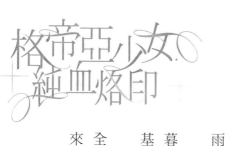

白火還沒反應過來，只聽見鐵皮屋內傳出好幾道急促踏在地板上的腳步聲，馬上有人摔門跑了出來。

「竟然明目張膽的闖進來，該死的傢伙，快給我抓住那個小夥子！」

一群染金毛染白毛的混混持著鐵棒和刀子衝出來，一看見跨在超級浮空機車上的暮雨，就飆出髒話：「靠！好膽別走，你壞了生意還想偷車嗎？給恁爸停下來！」

「你到底做了什麼啊！」白火一看就知道事情大條了，趕在前一刻衝到暮雨旁邊，暮雨相當貼心的遞給她全罩式安全帽，「謝、謝謝。」雖然一看就知道是搶來的贓車，基於生命安全，她還是乖乖的戴上安全帽，迅速跨上後座。

確認後座的人坐好，暮雨立刻催下油門落跑。機車轟隆作響，他熟練的一個拐彎後全速前進，和衝出鐵皮屋的一群混混擦身而過，靈巧閃過迎面而來的鐵棍攻擊，又是惹來一陣叫囂辱罵。

幾秒後，後方的恐怖混混自然也發動浮空機車追了上來。一群人開始莫名其妙的荒野機車追逐戰。

「暮雨，太快了！速度太快了啦！」白火好歹有考到公元三千年的機車駕照，這速度明顯不對勁，她偷瞄了一眼暴走的儀表板然後破音尖叫。

「囉嗦，反正罰單寄不過來。」

「不是這個問題——！」

後方的飆仔混混也不甘示弱追了上來，引擎聲震耳欲聾，雜草稀疏的空曠荒蕪地帶瞬間拉出一條不小的車陣。

「你到底做了什麼！」白火又問一次，為了蓋過引擎聲和風聲，她幾乎是用吼的。

「好像是毒窟還是人口販子什麼的，總之把看起來像是老大的東西轟到旁邊然後處理掉，順便借了一下機車鑰匙。」暮雨為了回答她也大聲吼了回去，語氣還是沒溫度。

「處理？處理？！」

什麼處理！這傢伙到底做了什麼喪盡天良的鬼事！白火環著機車騎士腰部的手差點鬆掉，她又回頭看了身後的一群飆仔們，雖然看不清楚安全帽裡有什麼表情，但對方滿身的怒意倒是清晰的傳了過來。

「妳還記得我以前是被人口販子抓走的吧？雖然記不太清楚，但是經過第三次黃昏災厄後，似乎有人幹起了把孤兒賣給政府做人體實驗的勾當。」暮雨繼續說明，突然拐了個彎繼續衝刺，後座的白火差點飛出去，他不以為意的指指後面的飆仔，「後面那群應該就是那種。」記憶力不太可靠，但他依稀記得以前被送上貨車前，似乎也待過這種拿來藏小孩的鐵皮屋。

「所以借一輛機車應該不會怎麼樣，你是這個意思嗎……」感覺自從記憶恢復後，這位前任科長的態度就漸漸有了改變，變得多話不提，行為舉止有時候還會破天荒的讓人崩潰，譬如說現在。

「不要擔心，有機會我會把車還回去的。」

「所以我說不是這個問題！」

這個形象崩壞實在太可怕，白火突然有點想念從前那個生人勿近、神秘感滿分、脾氣暴躁宛如俾斯麥轉世的魔鬼科長。

「要加速了，抓緊點。」前任魔鬼科長絲毫沒有察覺到後座的感慨，再度把已經瀕臨極限的油門催到最底，全速向前衝。

看來運氣相當好，已經可以看見遠方有著密集建築的影子，沒意外的話是城鎮。

一段時間後，暮雨把燃料幾乎用盡的機車棄置在城鎮外圍角落。

他把自己和白火的安全帽放到機車椅墊上，鑰匙還插在孔上沒拔下來。棄置的機車旁趴著幾個剛才的混混，全部失去意識，像是不可燃大型垃圾似的橫躺在地上。

擔心昏迷狀態的對方慢性缺氧，前任魔鬼科長還相當體貼的把那群混混的安全帽都拿了下來。

白火盯著眼前堪稱絕倫的景象，心中意外的靜如止水。

可能是終於領悟了什麼佛陀真理，她猛然覺得路過順便偷走人口販子的代步工具、代步完畢後丟棄贓車、接著把車主痛揍一頓再拿去垃圾場丟掉等等，似乎都不是那麼重要了。

暮雨拿出從混混身上摸來的手機和智能手錶，先用半死不活的飆仔來指紋解鎖，然後當場改了密碼，動作俐落的根本是職業慣犯。

「3005C.E.，七月二十五日早上十點二十一分，地點是第五星都15區邊境……警告級別，紅色？」他率先用搶來的手機確認時間地點，時間地點沒有問題，是五年後的未來沒錯，但是那警告級別又是怎麼回事？這城鎮是什麼災情蔓延的觀光地嗎？

白火也湊過去看。

暮雨乾脆把所在地的都市名稱輸入搜尋引擎，一按下搜尋，果然立刻跳出好幾十筆資料。當中最常出現的關鍵字就是：鬼城。

手機螢幕上顯示著充斥犯罪與疾病的第五星都貧民窟、實驗地區、無人造訪的鬼城等等，這些資料好一段時間沒更新了，否則就是無權限閱讀。看來這世界的網路雖然能用，資料庫更新卻出現了問題。

「該不會櫻草是這裡的人吧？」這裡是距離時空裂縫最近的城鎮，櫻草說過她死也不想回家，白火不免這麼推測。

「先躲起來。」暮雨突然抓住她的胳臂，把她往最近的某棟破舊大樓角落裡拖。

他靠在老舊大樓的外牆上，稍微探出頭，用眼尾掃了一下外圍。

白火也偷偷往外瞄，「……軍隊？」她看見幾個穿著軍服的人在街道上巡視，大約五、六人，像是在搜尋什麼的東張西望，有些人扛著槍，有些人則沒有攜帶任何武器。

明明只是瞥到軍人一眼而已，見到對方那白底藍色點綴的軍服，白火的腦袋瞬間像被人重擊般發出劇烈疼痛，「咳、咳咳……」一時間無法呼吸，她掐著脖子跪倒在地。

缺失的記憶又恢復了些許。

那個制服……她看過那些人。

回過神來，冷汗已自白火的額角泌出，滑下了太陽穴。

「那是，是那時候的人……殺掉爸爸媽媽的人，一樣的衣服……」

反芻著記憶，白火想起年幼的她和暮雨被「某個人」帶進時空裂縫的同時，掩護他們的爸媽被一群身穿軍服的人包圍，緊接著是機關槍掃射的巨響，她和暮雨沒入深紫色的深淵中。

她想不起「某個人」的臉，軍隊的人影占據了整個視野。在領悟這些事實的同時，她的四肢像是被吊起舞臺鋼索似的，身體竟然自己動了起來。

「……妳在做什麼！回來！」

暮雨還沒反應過來，就看見白火朝那群軍人衝了出去。

此時的白火什麼也無法聽見。她瞇起化為赤紅的雙眼，以驚異的速度越過地上遍布零碎瓦礫的粗糙地面，一個跳躍，逼近眼前的軍人們，「就是你們……絕對不會原諒你們！」她本能的將口袋裡暗藏的撲克牌抓出來，聚滿火焰就往對方腳邊射過去。

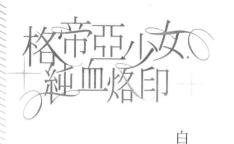

高溫的火團撞擊地面，朝兩邊快速蔓延，銀白色的火舌竄成火圈，在白火落地的同時層層包裹住街道上的軍人們。

四周的氣溫一瞬間飆高。

「絕對不會……原諒你們……」絲毫不給軍人反應的時間，她揪住其中一名軍人的衣領，高舉著握有銀白色火焰的左手，不帶躊躇的揍向軍人的臉。

只是手抬高的那瞬間，她的動作僵住了。

幾條銀色絲線突如其來纏住她的手腕，將她連手帶人往後拖，「……放、放手！」白火發出吃痛的低吼，失去重心往後一摔，無緩衝著地的腿磨出擦傷，揚起些許沙塵。

烙印產生的銀色火圈隨著她受到攻擊而消失，她感覺有人走到自己身旁。

「日安，真是個美麗的早晨。」

白火還來不及抬頭，熟悉無比的聲音就流瀉到她的耳中。

「終於讓我找到了，野丫頭，妳這麼愛亂跑讓我很頭疼呢。」

一位高瘦的青年俯下視線看著她，操著銀線的手一抬，把跌在地上的白火又扯到自己身邊。

「先睡一下吧。」青年將白火抓到自己胸口前，絲毫不給她反應的機會，直接用手刀打在她頸上。動作順暢如行雲流水。

這一記沒有留情，白火痛苦的悶哼一聲，失去意識前，她依稀瞥見青年有著微捲的酒紅色頭髮，以及一雙貓咪般的琥珀色瞳孔。

★※★◎★※★

視界一片黑暗。

有人說過，當失去其中一種感官時，其他的感官能力就會像彌補缺陷般，反而變得更加敏銳。

白火覺得此話不假，如今置身於漆黑中的她，莫名的覺得聽力比平時還好上幾倍，連好遠、好遠好遠的聲音也能聽得一清二楚。

耳邊傳來再清晰不過、甚至連咬字時唇齒撞擊都能依稀聽見的耳語。

「撲克牌在飛耶，而且不見了！小黑會魔法嗎？」

「這只是最基本的二十一點切牌。我猜想小姐會喜歡，就練習了一下。」

又是他們的聲音，和湖底出現的聲音一樣。白火明明看不見任何人，卻在聽見聲音的當下，立即能分辨出是那個小女孩和「貓咪」的對話。

「我很喜歡，小黑，再多變一點給我看嘛！」

「這樣啊，若小姐喜歡的話，我以後就成為魔術師吧。」

「真的嗎？真的嗎？那我一定會去當小黑的觀眾的！說好囉？我們來打勾勾！」

又來了，和沉入湖底般相同，白火本能的如此思考。

視野灰濛的白火看不見任何東西，疲累的連眼皮也睜不開，手卻不由自主的高舉起來，和前方的空氣打了個勾，蓋章。

她甚至有一股不適感，總覺得自己的手被某樣東西綁住，絲絲纏繞，似乎是絲線的樣子。

白火的四肢、動作、甚至是微微牽引而上的唇角，簡直就像是和那個只聞聲音不見人影的小女孩重疊了一樣。

「我和小姐的約定又增加了呢。」

「約定增加是好事嗎？」

「是的，再好不過。今後也許下更多更多的約定，然後一個個去完成吧。」

「窸窣、窸窣……」

原本以為是草木枝葉隨風搖曳的聲音，仔細一聽才發現是人的低語聲。微乎其微的低語交談聲自白火的耳膜深處響起，一點一滴，益發漸強，最後甚至蓋過了小女孩和貓咪的對話。

白火呼吸一窒，猛地睜開眼。

——是夢，哪裡都找不到小女孩和貓咪了。

她醒來的瞬間就迅速瞪向自己在夢中感覺到被纏住的那一隻手，束縛住手臂的力量消失了，取而代之的是左手腕上一條條的瘀青。緊接著她感覺到整個身體似乎陷進軟墊裡——是沙發，自己躺在沙發裡。

她環視著周遭，這裡好像是小公寓似的普通住宅，格局不大，擺放著簡易家具，牆壁斑駁掉漆，她現在就躺在疑似是客廳的沙發上。她腦袋一片空白，想不太起來昏迷前的記憶。

「那些軍人也是聽命行事，你們就放過人家吧。真正有錯的不是他們。」對面的門裡傳來了對話聲，有人走了過來，聲音越來越清晰，「只要沒和那人做個了結，怎樣都是徒勞無功。」

「所以你才會跟過來嗎？」另一個聲音說話了。

門外的人打開門走進了房間，剛醒來的白火正好和他們四目相接。其中一個人是暮雨，這不意外，而另一個人竟然是諾瓦爾。

這麼說來……白火重新看了一下自己手上的瘀青，是被線纏繞的。想起來了，她和暮雨在鬼城裡看見了軍隊，「……那些人去哪了？」她抽口氣，用力丟開身上的毛毯，打算跳下沙發衝出門。

「冷靜下來，不要輕舉妄動。」諾瓦爾將她押回沙發上，面對白火的怒瞪，他毫不避開的直直盯了回去，「白隼老爺和沙利文夫人不會希望妳這麼做的。」

「為什麼你會在這裡？」為什麼他會知道她父母的名字……

「看著你們相親相愛的飛進時空裂縫裡，我有點羨慕就跟過來了。你們還跑去搶別人的改裝車狂飆是吧？真是的，偷拐搶騙不行啦，花了我好久才找到人。」看著沙發上的人放棄掙扎，諾瓦爾換回平常的口氣，誇張的聳肩嘆氣。

白火抬頭看了暮雨一眼。

暮雨沒多做表示，「該說的都說了。」

——以前明明是看到紅髮貓眼就想當場讓他投胎的魔鬼科長，什麼時候變得這麼妥協姑息了？

「諾瓦爾，這間公寓是……」

「動用了點關係，希望你們別介意。」諾瓦爾從西裝內袋裡拿出某樣東西出來，是AEF的識別證。看來五年後的未來AEF依舊存在。

諾瓦爾和暮雨在白火對面的沙發上坐了下來，兩人沉默不語，似乎都在等待剛醒來的白火腦袋恢復運轉。

白火盯著兩人，一時間也語塞發不出任何聲音來。

良久，諾瓦爾的聲音再度劃破寂靜：「來到五年後的未來有什麼感想？」

「這裡被叫做鬼城對吧，根本不像是人居住的地方。」暮雨拿出稍早搶來的手機，加上自己眼見所憑，這裡無疑是犯罪窟巢。

白火開始回想城鎮的景色，四處是斑駁倒塌的建築，鋼筋外露，充滿碎石礫的地板龜裂，空氣中瀰漫著黃沙粉塵，重點是除了軍隊以外，幾乎感覺不到人類的生氣。

「應該說這個世界本身就不是給人住的地方。」諾瓦爾同意的點點頭，湊近兩人說道：「還記得我說過的第三次黃昏災厄吧，我一直找不到機會告訴你們，現在正好，聽我娓娓道來吧。」

諾瓦爾口氣摻雜著幽怨與無奈，估計又要像在研究所裡那樣道出他們不願面對的真相吧。白火現在還能清晰的想起他們在研究所裡看見的紀錄影像，尤其是映照在其中、奪走無數生命的白隼的面容。

她握緊放在膝蓋上的拳頭，身為一手釀下大錯的白隼的女兒，她有義務知道全部的真相，「告訴我們吧，五年後的未來……到底發生了什麼事？」

諾瓦爾垂下有著細長睫毛的眼簾，深深吸口氣，「……公元三千年，特別情報部的溫斯頓以肅清人口和淨化種族之名，利用ＡＥＦ的力量同時襲擊管理局和世界政府，並創造出規模巨大的人造時空裂縫，藉此利用人造裂縫的力量威脅群眾，奪取權力。時空裂縫規模之大，甚至有兩個星都被吸了進去，死傷無數，這項災難之後被稱作為『第三次黃昏災厄』。」

第三次黃昏災厄，反反覆覆聽到這個名詞，這下終於有了底細。

根據諾瓦爾所言，第三次黃昏災厄後，各星都人口銳減，時空管理局再也無法和溫斯頓的ＡＥＦ抗衡，世界政府體系全毀，世界陷入前所未有的黑暗期。

「奪得權力的ＡＥＦ將倖存者分為兩類：普通人類以及烙印者。普通人類被編上區域、等級和編號，一一分配到尚未毀壞的住宅區進行重建；烙印者則依烙印能力而異，無攻擊性的受到拘束，具有威脅性的則當場撲殺，凌駕於之上的純種就更別提了，現在世界上幾乎不存在純種。ＡＥＦ接著按照財力、血統、地位等等將居住區分階級，最高階的一級區為特殊權貴所屬，至於我們目前所在的鬼城則是最為低賤貧困的下層地區，15區。」

「……」

「第三次黃昏災厄後，試圖活命或翻轉階級的倖存者紛紛加入ＡＥＦ、或是為了苟延殘喘而將自己的小孩賣給軍隊，殊不知多半都會被送進實驗室進行人造烙印實驗，運氣好的話就會像你們剛剛看見的那些軍人，至少有辦法活著走出來。不過活著也不算好事，ＡＥＦ會將軍隊派遣至各個下層地區來壓制試圖反抗的人民，撐過人體實驗的軍人已經被長期注射精神藥物，無論是乖乖奉命鎮壓暴動還是成為叛逃者，多半都不會有好下場，留得了全屍算是幸運。」

大致結束一個段落，諾瓦爾闔上嘴脣，用蜂蜜色的眼眸正視著白火和暮雨。

「ＡＥＦ武裝掌控一切，除了人體實驗的成功案例外，幾乎沒有烙印者倖存下來。財產、資訊情報、人身安全等等全數遭到控管，這種充斥著階級與紛亂的地獄，就是五年後的未來。」

諾瓦爾的話講得很明白：這個地獄就是白隼和沙利文等人協助人體實驗後，一手釀造出的末路。同時也是白火和暮雨原本會繼續存活的世界。

白火反芻著兒時回憶，年幼的她也多少察覺到自家生活水準不差，多半是活在介於上層與中層之間的區域。外頭動盪紛亂的緣故，父母才會嚴禁她外出。

「我記得那個叫做溫斯頓的人是艾米爾的養父，為什麼他要這麼做？權力有這麼重要嗎？」她強忍著幾乎要窒息的不適，忍不住追問根本就不會有答案的疑問。

「不知道，已經死了也問不出來。」

「什麼？」

「溫斯頓原本只是打算威脅世界政府和管理局，只是他在第三次黃昏災厄發動的同時就被同伴背叛了，當場死在ＡＥＦ手裡。」諾瓦爾沒有顧慮她，反而問著暮雨：「你遇到梅菲斯了嗎？」

暮雨沒有回話。

「ＡＥＦ是溫斯頓瞞著政府私下創立出來的人造烙印軍隊，梅菲斯則是ＡＥＦ實驗體中的領袖，聽令於溫斯頓。公元三千年發起第三次黃昏災厄的同時，他不知發了什麼瘋，當場把溫斯頓殺了，之後撲殺烙印者、劃分階級的制度也是出自於梅菲斯，直到現在他仍持續掌權。」

語畢，空間內又是一片靜寂。誰也不想開口說話。

「大致上就是這樣。沒意外的話，今晚就能帶你們離開鬼城，在這之前先好好休息一下吧。我去拿點熱茶過來。」諾瓦爾環顧了一下兩人，也沒打算繼續疲勞轟炸下去，他站起來，「用不著擔心，還有機會，我會送你們回去公元三千年的。」

沒想到他才轉身要離開客廳，就被暮雨一把抓住手腕，「你的手怎麼了？」暮雨稍稍施力按住他的手腕，儘管這紅髮貓眼被衣服和手套包得緊緊的，他也沒看漏袖口下隱約露出一絲一點、有些像是墨水漬的黑斑。

「沒什麼，受了點小傷，剛剛不是把你們從軍隊裡救出來了嗎？」

「AEF的軍隊看到你就乖乖走人了，少敷衍我。」

「那應該就是從時空裂縫降落時摔傷的，明天睡醒就會好了。你什麼時候開始這麼擔心我啦？」

暮雨眉頭一蹙，原本想追問什麼的，但諾瓦爾竟然在笑臉高掛的狀態下把手甩開，動作敏捷的令人發寒，他只好鬆開手讓那隻紅髮貓眼逃離現場。

當天深夜，諾瓦爾動用了AEF相關成員的神奇特權得到特快車的指定席，諾瓦爾先開著車將他們送離鬼城。

他們來到最近的月臺，並一塊搭上夜間特快列車。幾次下來，早就對紅髮貓眼的力量感到麻木，白火和暮雨一路上什麼也沒有問，乖乖坐上了車。

白火心想，應該不會被賣掉。

沿途上，白火觀察到歷經災厄後，文明倒退、嚴格劃分階級的社會多少還是維持著基本生活機能。

隨著遠離下層地區，周圍的景色漸漸變回熟悉的模樣，只是似乎每塊區域都有著一定數量的軍人負責監視，不適感從咽喉處湧了上來，她不舒服的按住胃酸過多的腹部。

「其實只是先帶你們去中層區避避風浪而已，那裡比較安全。」諾瓦爾解釋：「公元三千年那邊沒意外的話應該是一團亂，之後再送你們回去。」

「如果是用人造裂縫把我們帶回去，或遲或早都無所謂吧？」白火疑惑的歪歪眉，如果諾瓦爾是要用人造黑洞把他們送回去，應該不用管什麼時間點才對。

「我還想多讓你們看點未來世界的慘狀嘛，當作是震撼教育。」

暮雨用眼尾掃了一眼打哈哈的諾瓦爾，注視著對方的手腕，沒有說話。

搭上特快車的時候將近午夜十二點，已是就寢時間。

最近完全沒睡好的白火卻在車廂的床上翻來覆去，輾轉難眠。她盯著牆壁上電子鐘的日期與時間，久久難以闔眼。

最後她索性離開房間，一面盯著走道窗戶上的夜色，一面在車內散步，緩緩移動到公共車廂。

公共車廂的小吧檯早就停止營業，一名青年站在車廂一隅，凝視著窗外一閃即逝的夜景。

列車正好駛離了森林，視野一片遼闊，月亮高掛在空中——說來那也不是真正的月亮，這裡可是人造星球，月亮也只是為了迎合原生環境所創造出來的人造發光體，不過盈缺規則和原本的月亮相同，這是暮雨以前告訴她的。

原來3005C.E.的人造月亮沒有一起被巨大的時空裂縫吸進去啊，白火有點感慨。

站在窗邊的青年正是諾瓦爾。薄弱月光射入玻璃，映照在他的瞳眸裡，那一刻，諾瓦爾的琥珀色眼睛反倒還比較像是兩輪明月。

「晚安，真是個美麗的午夜。」諾瓦爾聽見有人滑開車廂門，發現是白火走進來，有點驚訝，「睡不著嗎？」

白火點點頭，「嗯。」

「我也是，接近新月的夜晚總是讓人難眠。」

新月？白火看了一下窗外，月亮果然彎成了細細弧形，她又瞄了眼牆上的電子鐘，經過午夜已經換了日期，七月二十六日。盯著電子鐘上的日期，白火不知怎的，過了好久才有辦法轉移視線。

她和諾瓦爾就這樣並肩站在車窗前，各自凝望著窗外，沒有說話。

一股奇妙的情感油然而生。對了，至今為止和諾瓦爾碰面幾乎都是在夜晚，諾瓦爾總是披著夜色闖入她的世界，有時候夜色垂幕，有時候夾帶月光，月亮總會點綴出諾瓦爾的酒紅色髮絲及蜂蜜色眼眸的光澤，甚是美麗。

「你也是……被爸爸媽媽強迫進行人體實驗的孤兒嗎？」良久，白火用眼尾掃過諾瓦爾衣領下的頸子，對方脖子上的刺青在黑夜中不太明顯。

「不算是。」一面對突如其來的問題，諾瓦爾不以為意的搖搖頭，「早上也有和妳提到有些人是為了活命而自願加入ＡＥＦ，我算是其中之一，反正接不接受實驗都是死，當初就選擇賭一把了。能活到現在算是走運。」

「很痛苦嗎？」

「想不起來，忘了。不要總是問我這麼困難的問題嘛。」諾瓦爾苦笑。

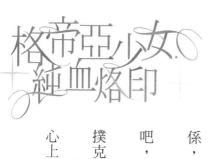

白火聽不太懂他的「總是」是什麼意思。

「說到忘了……我來到這裡之後，每次只要看到時間和日期，不知道為什麼，總感覺哪裡怪怪的。我似乎還忘了些什麼，怎樣也想不起來。」

「不用著急，總會想起來的，只是時機未到而已。何況比起想不起來，發現自己漸漸開始遺忘某些事物才更加可怕。」

「什麼意思？」

這似乎是至今以來和諾瓦爾的對話中最為自然的一次，兩人之間不再存在著敵對關係，取而代之的是一種……不合時宜，卻又讓人內心隱隱作痛的溫柔時光。

始終盯著窗外的諾瓦爾總算轉頭正視她，他笑彎了貓咪般的眼眸，「我來變個魔術吧，希望能讓妳心情好點。」

白火還沒有領會到他在說什麼，就看見對方原本空無一物的手裡不知何時多了一副撲克牌。

諾瓦爾戴著手套的手一抹，撲克牌就像是被灌注生命般旋翻起舞，飛到他另一隻掌心上。

月光下，飛舞的卡牌一眨眼消失，諾瓦爾一彈指，手上的牌全不見了，反倒是白火嗅到一陣淡淡花香——諾瓦爾手上的撲克牌當場變成一朵花遞到她眼前。

她才正要伸手去拿，那朵花也彷彿光影折射般消失得無影無蹤。

晦暗空間下的魔術更顯神秘，白火瞪大眼，不禁發出讚嘆，一愣一愣的拍起手來。

「……好厲害。」她也不是那種會對著魔術心花怒放的女孩子，只是純粹對眼前的戲法感到嘖嘖稱奇。

「哈哈哈，這反應還真讓人懷念，我以前認識的人也是這樣。」不過是一張牌不見了就呆在原地，諾瓦爾回想起來不禁噗嗤笑了出聲，平時帶點危險的邪魅笑容完全失去了威脅性，「我有個朋友以前總是動些古靈精怪的歪腦筋，常常挨罵，為了讓她安分點就學了點表演手法。」

白火看著對方空無一物的手，不知怎的，竟然問了她自己也不明白的問題：「那你開心嗎？」

「啊？」

「你是為了替那個朋友打氣才變魔術的吧，那表演時，你自己開心嗎？」

一時間，車廂只剩下車輪反覆輾過鐵軌的轟隆聲。

特快車再度開進樹林裡，原本就微乎其微的皎潔月光全被樹葉阻隔，雙方都看不清楚彼此的臉。

不知怎的，白火總覺得從窗戶射入、刻印在諾瓦爾臉上的斑駁樹影有點像是淚痕。

空氣登時肅穆凝重，諾瓦爾好久、好久都沒有說話。

「……我也不知道。只是當看到對方的笑容時，就覺得……似乎也不壞。」

而後，他呼出一口氣，嘆息聲立刻被底部運轉的車輪捲了進去。

「或許就是想再看一次那個笑容，我才會來到這裡的吧。」

「諾瓦爾？」

「清晨就會到站了，在這之前先小歇片刻吧，我先失陪了。」

之後，諾瓦爾轉身離去，一次也沒回過頭。

那天深夜，白火交談的最後一位對象，就是諾瓦爾。

直到太陽稍稍點亮黑夜，露水凝結的清晨來臨時，諾瓦爾和暮雨才發現白火的車廂內空無一人。

白火失蹤了。

暮雨摸了一下床鋪，沒有餘溫，對方很有可能在深夜時就離開了。由於諾瓦爾是AEF成員，車掌對同行的白火特別有印象，追問之下才得知白火在深夜間經過某站就突然下車了。

「識別證、手錶型電腦和錢包都被帶走了。都怪你之前要偷什麼改裝車，你看人家馬上有樣學樣了吧，好的不學學壞的，唉。」學習能力也不是用在這種地方，之後絕對要抓回來再教育。諾瓦爾昨天晚上和白火分別後，並沒有立刻回到自己的房間，估計就是那時候被她摸走識別證的。

暮雨看著發牢騷的紅髮貓眼，回了句久違的口頭禪：「干我屁事。」

「我說，白火是不是想起來了啊？」火車正好到站，諾瓦爾一邊走下車，一邊推測道：「昨天晚上，她問了我日期的事。」

「……當初恢復記憶的時候，她也有打算去阻止公元三千年的白隼先生他們進行研究，被我攔下來了。」雖然之後還是陰錯陽差遇到了沙利文。暮雨不曉得悖論會在什麼狀況下發生，當時極力阻止白火和沙利文接觸，但終究事與願違。

諾瓦爾會讓他們在公元三千年重聚，為的就是改變未來，平行世界也會因此出現。在這種不知未來會有何走向的狀況下，他寧願乖乖聽這隻紅髮貓眼的指示。

魔鬼冰塊和紅髮貓眼互看一眼，又瞄了眼牆上的電子鐘日期，意外有默契的兩人都推論出來白火接下來會跑到哪去了。

事情相當不妙。

「你——」在臨走前，暮雨倏地抓住諾瓦爾的手腕，不留情面的往下折，「到底是想怎樣？」

諾瓦爾的西裝袖口和黑皮手套縫隙間露出的肌膚和暮雨昨天看到的一樣，上頭有著墨水漬般的黑點，甚至比起昨天又擴大了些。在太陽尚未完全升起的清晨下，怎麼看也不像是當事人所說的瘀青。

「我預估錯誤，睡醒了還沒好嘛，誰知道瘀青這麼慢消。」諾瓦爾也和上次一樣甩開他的手，「之後會痊癒的，相信我。」

「……不要做出讓他們難過的事。」

「我知道，我知道。」諾瓦爾搪塞的揮揮手，吊兒郎當的晃著身子走出月臺。

★※★◎★※★

3005C.E.，七月二十七日清晨。

白火瞞著諾瓦爾和暮雨在深夜時下了火車，咀嚼著記憶中的回憶與線索，朦朦朧朧尋出了某個地標，再利用電腦定位系統找出路徑，花費約一天時間連夜趕到目的地。

「沒錯……是這裡。」四周雜亂不堪，不禁讓人懷疑究竟是住宅還是廢屋，空氣中還飄散著一股塵埃混雜工業藥品的奇異氣味。她聞到那股味道，回憶又從腦海深處稍稍回升，絕對是這裡沒錯。

夜色尚未完全消去的破曉，天空呈現著火紅日輪與紫色夜空的奇妙景觀，連結出一條紫紅色的交界線。薄暮色的昏暗天空下稍稍點亮了地面，眼前是傾圮斷裂的電線杆以及坑坑洞洞的水泥地，白火就悄悄倚靠在其中一棟廢棄房屋外的灰牆下。

身上的行李不多，掩人耳目用的口罩，口袋裡用來焚燒用的丟擲物，還有從諾瓦爾那裡偷來的ＡＥＦ識別證與少許現金和手錶型電腦。雖說偷竊行為讓她良心隱隱作痛，何況對象還是曾經搭救她無數次的熟人，但為了達成某些目的，她還是狠下心來趁著諾瓦爾不注意時偷走了對方身上的東西。

所謂命運作弄人，陰錯陽差被裂縫吸來3005C.E.就算了，竟連日期也如此湊巧。

幾乎在白火抵達廢屋區域的同時，只見遠方駛來了幾輛大型貨車，十幾位武裝軍人跳下後車廂，陣列整齊的包圍住某棟公寓。

白火躲到牆壁的陰影裡，屏住呼吸。

「這麼做究竟是不是對的，我不知道，但是……」光是回想起童年的記憶片段，身體就像是被施了咒般，不聽使喚的逼迫她向前進。

她記得當年家裡牆上的月曆日期，七月二十七日，這天是她被母親推入時空裝置、強制傳送到過去的日子，同時也代表著來不及逃亡的雙親會死於ＡＥＦ的槍火下。

白火知曉自己不能輕舉妄動，任何一點動作都有可能改變未來，進而扭轉他們存在的過去。但是她仍然無法眼睜睜看著雙親死去。她沒有閒暇思考，趁著軍隊尚未闖進公寓前，從反方向繞進建築裡，毫不猶豫的向上衝刺。

公寓的內部構造彷彿夢境般讓她感到熟悉，她攀住沒有玻璃的窗口，輕巧的滑入某個空房裡，從內部繼續向前，最終發現某道被釘死的後門。

「是這裡……」白火深深吸口氣，直接用烙印火焰燒了個洞，闖入某個房間內。

她從後門躍進房內的同時，遠方傳來爆炸聲，軍隊炸開了正門，士兵們如泉水般一擁而上。

「愣在那裡做什麼，還不快點進去！」

她立刻聽見懷念的讓人落淚的聲音——是白隼。

白隼正用肉身擋在軍隊前，轉身對著房間深處的人影大吼。

屋內呈現老舊實驗室般的死白景象，牆壁附著一層龜裂的石灰，順著水漬竄出一條長長的蛇紋，四周散落著叫不出名字的精密儀器和藥品，整個房間被剛才的爆炸轟得滿地狼籍。

最為壯觀的是房間深處的巨大儀器，足以容納兩個成人左右的半球形物體被數條銀白色長柱包圍，飄浮在空中。儀器四周散發著若有似無的青綠色電流，並發出觸電般的刺耳雜音。

爆炸引起的煙霧中，白火看見某位女性——沙利文正站在儀器的一隅，熟練的操作機器鍵盤，儀器中央的大圓球更是浮上空，裡頭空無一人。年幼的白火和暮雨還沒走入時空傳送裝置裡。

軍隊又引爆了其他炸彈，子彈掃射，轟炸聲震耳欲聾，煙幕刺得讓人淚水直流。

白火的眼角掃過不遠處的身影——某位少年跪倒在儀器數公尺外，純白襯衫浮現出紅色血痕，幾滴紅色液體從額頭流淌而下，滑落下顎。

少年懷裡護著身形更為嬌小的兩個小孩，「快點進去！」少年將其中一位深藍色短髮的男孩推了出去，男孩先是躊躇的回頭看了一眼，接著跳入球形機器裡。

不會錯的，那個深藍色短髮的男孩是暮雨，而少年懷裡的黑髮女孩則是年幼的她。

那麼那名少年又是誰？

幾乎是視線相交的瞬間，一股難以言喻的情感推了白火一把，驅使她向前衝刺。

她抓出口袋內的撲克牌，夾帶著火焰朝遠方瞄準小孩的軍人一扔，並向前一撲，把摔倒的少年埋入自己臂彎，用力往旁邊倒去，接連掃射過來的子彈立刻在前一秒他們站著的區塊打出了好幾個窟窿。

白火感覺到少年臉上的鮮血溼濡自己的胸口，溼黏感混著酸楚湧上心頭。她咬緊牙關，抓著少年站起來繼續朝儀器中央的巨大球體衝刺。

少年發出孱弱的低鳴，「您是——」

「不要問，快點進去裡面！」孩子的體重比外表來得輕上許多，白火稍微使點力就將兩個小孩抬起來，接著粗暴的扔進半球形的機器裡，「你們一定會平安無事的，不要回頭，然後——活下去！」

儀器外圍的奇妙電流竄入白火體內，她感到一股刺麻感，來不及一睹那名少年的臉龐就連忙退了開來。

載入三名孩童的半球形機器騰空，宛如煙霧般裊裊上升，特殊金屬製的外層彷彿蛋殼般開始增生，包裹住球體內的孩童。

白火發現不遠處的沙利文奔跑了過來，趁著球體尚未完全覆蓋內部的人時，抓住小孩的手，「再見了，白火、暮雨，一定要過得幸福喔。」

最後，沙利文輕撫了少年——那位有著酒紅色自然捲，琥珀色眼瞳的少年臉頰。

「一路以來感謝你的忠誠，這兩個孩子就麻煩你了。」

「悉聽尊便，夫人。」

少年低頭致敬的剎那，時空傳送裝置發出刺眼的白光。

白火痛苦的硬睜開眼睛，儀器高速旋轉的風壓捲襲而上，電流交錯，眼前的空間竟然迸出了一條深紫色的裂縫，裂縫宛如綻放的花朵般朝兩旁擴開，形成她再熟悉不過的紫色奇異空間。

數秒內，搭載著三名孩童的球形裝置消失在紫色空間中，時空裂縫登時合上。

「妳究竟是——嗚！」

沙利文才剛回頭，白火高喊著「小心！」，邊二話不說抓住她的肩膀就是往地上撲倒，兩人閃過原本因人造時空裂縫出現而一度削弱，隨後又再次迸發的子彈掃射。

壓住沙利文的身體，俯伏在磁磚碎裂的地面上，白火以整個人趴在地面的姿勢掌心貼地，銀白色的火焰彷彿雪花般自她左手掌竄了出來，化為火蛇彎曲纏繞，攀上牆壁。

火焰以她們和白隼為中心擴開，拉起了一層封鎖線，暫時減緩了軍隊的攻勢。

白火遲遲不敢抬起身體來，她連動也不敢動。

因為一股有別於剛才染血的少年，新的溼黏感附著在她的掌心上，而她的掌心，正緊緊貼在沙利文的背脊。

臨近崩潰的毛骨悚然竄上白火的腦門，她顫抖的瞥向自己的手，赤紅一片，黏膩而腥臭。

她護在身體下的沙利文倒在坑洞滿布的地面上，血漬滲透到白袍外，宛如陷入沉睡般，呼息逐漸消退。

白火彷彿催眠自己般呢喃——

「用不著擔心，沒有問題的，那些孩子一定會平安無事……所以、所以拜託了，妳也一定要……」

雪花般的大火焚燒，連呼出來的空氣也變得灼熱，室內遍布硝煙味。

白火抽噎著聲音，輕撫過沙利文的臉龐，多半是室溫升高的緣故，沙利文的臉頰竟是冰冷的。

白火收回頻頻發抖的手，無法克制的收緊拳頭，鮮血的黏膩感沾黏著每一段指節，每一次呼吸，鐵鏽般的空氣就燒灼著她的肺腔。

她這下才清晰的看見了——沙利文的左胸口開了朵猩紅的血花。

——沒有改變，無法改變。

白火早就隱約察覺到即便自己闖入未來也無法扭轉事實，胸腔再次不爭氣的感到呼吸困難。她的四肢發顫，遠超過身體負荷的嘔心感接踵而來。

機槍掃射的聲音持續響徹鼓膜，不知何時，白隼的身影消失在眾多軍人之中。

流彈打入時空傳送裝置的操作儀表板上，爆出一聲巨響，黑煙從炸個粉碎的面板上飄了出來。

白火拖起笨重的身體，昂首一看，上頭的數據因為儀器損壞而化為亂碼，數字隨機跳躍，最後定格在三個數字上：2002C.E.、2987C.E.、3010C.E.。

「——花了這麼多時間，還沒處理掉啊？」

炸破的大門處傳來一道稍微偏高、細柔又蘊藏著瘋狂的獨特嗓音。

聲音猶如魔咒般，話語一落下，前一秒驟雨般的槍響瞬間停止，軍人們停止攻擊，全數朝門口行禮。

一位高瘦的青年走了進來，絲毫不顧氛圍，態度悠閒的諷刺。

其中一位軍人低喃道：「梅菲斯大人……」

——梅菲斯……是諾瓦爾提到的人，殺了溫斯頓掌握實權的ＡＥＦ成員。

面具遮住了青年的半張臉，只能略瞥見對方稍稍揚起的脣角，加上軍帽，幾乎只能看見對方垂在腦後的一縷髮絲。

然而光是這樣就已足夠，梅菲斯的氣質輕佻到就算沒對到眼，遠方的白火也感到幾乎能讓她窒息的震懾。

「這可不是讓一些人逃了嗎？算了，小孩子也沒多大威脅性，有機會再追回來也不遲。」名為梅菲斯的高瘦青年轉動脖子，用面具下的眼瞳環顧一下四周，先是掃了一下被制伏在地的白隼，接著是倒在血泊中的沙利文。

最後，理所當然的將視線停留在白火身上。

「妳又是誰？我可不記得白隼博士養了其他孩子啊。」

「……」白火壓低身子，怒瞪著他臉上的面具，握緊凝聚著雪色火焰的拳頭。

此刻，軍人手上的槍口全對準著她和白隼。

梅菲斯動也不動的注視著她，面具下的眼珠若隱若現的轉動，依稀能瞧見眼珠子帶點鮮血般的赤紅色。

良久，他稍微低下視線，瞄了眼白火的腳邊——當然不是瞧著沙利文，他對屍體沒興趣。

「有趣，沒想到這年頭竟然還能遇見純種，看在今天是大喜之日，我就暫時饒妳一命。」多半是瞧見白火和自己相仿的紅色瞳眸，梅菲斯難得用鼻子哼笑了一聲，朝兩旁的軍人示意，「把那女孩帶回去，至於這邊的嘛——」

他摸摸下巴，又把視線移了回來，停在白隼身上。

滿身瘡痍的白隼跪在地上，軍人的槍口抵住他的後腦杓，梅菲斯的高度正好能瞧見他高挺的鼻梁和眼睫。任誰看來，優劣勢一清二楚。

白火聽見梅菲斯喉嚨傳來奇妙的聲音，那是聲帶振動共鳴，忍住強烈笑意的聲音。

梅菲斯發抖著纖細過頭的身軀，掩住不斷揚起的嘴角，忍耐了好一陣，最終還是噗哧笑了出來。

槍彈掃射後的研究室瀰漫著刺鼻煙硝味，腳下蔓延著血沫，他就站在這地獄景象中無法自拔的笑彎了腰，冷酷得讓白火咽喉湧上一股噁心。

「白隼博士，這副狼狽樣可不是挺適合您的嘛？用兒子的命換取地位與權勢，如今落得這番境遇也算是因果報應了。」放聲高笑了良久，梅菲斯終於呼出一口氣，湊近白隼的臉，「我可是找了你好久好久……好久好久啊。」

同時間，他拿起腰間的手槍。手槍上膛的機械音觸動了白火的最後一條理智線，軍人的槍口對準她的脊椎，怕死的膽怯使她的雙腳宛如鉛塊般動彈不得，情緒終於潰堤。

「不、不要……住手！不要開槍啊！」

「去地獄裡贖罪吧，永別了，我的——」

梅菲斯的話語尚未完整傳入耳裡，白火就感覺背後傳來重擊，悶哼一聲倒在不屬於自己的冰冷血泊中。

失去意識的前一刻，梅菲斯手中傳來的槍響始終縈繞著耳際，她發黑的眼界隱約瞅見白隼的身影宛如斷線的木偶般傾倒在血紅一片的地面。

★※★◎★※★

嗡嗡耳鳴聲久久不絕於耳。

每當陷入不著邊際的黑暗時，那股未知又溫暖的熱流就會重新降臨至白火心中。

視線迷茫，卻又清晰可辨，矛盾的令她全神貫注聽聞著耳邊接連傳來的對話聲。

「那麼，我要按下快門囉，各位準備好了嗎？」

啊啊，光是發出聲音的當下，白火就明白了，是「貓咪」的聲音。貓咪又出現了。

她早就習慣了貓咪那稚嫩又帶著過分成熟的中性嗓音。貓咪的聲音輕柔如風，頓時帶走了她全身上下傳來的痛楚。

白火感覺到「小女孩」走了過來，抓住貓咪拿著相機的手。

「你在說什麼啊？小黑，是家庭合照耶？」

「是的，我會努力掌鏡的，請各位給我最美的笑容。」

「我的意思——小黑也得一起進來才對呀，不然就不叫家庭合照了！」

貓咪歪歪頭，向來精明的他難得顯露出笨拙，讓所有家庭成員都笑了。猶豫了片刻後，貓咪扭捏的融入家庭成員中，自動快門落下的瞬間，他的笑容顯得有些青澀。白火相當清楚這該歸咎於貓咪平日過於拘謹的緣故，到了重要關頭反而無法放鬆。

是呀，貓咪就是這樣看似冷靜沉著，實際上害怕寂寞、溫柔而笨拙的人。

白火還記得以前調皮闖進父親的書房，被父親關到倉庫裡當作懲罰。倉庫裡又冷又黑，說不定就是造成幽閉恐懼症的主因。說來也是自作自受，要不是她跑進父親的書房裡嬉鬧，也不會落得這番下場。

最後是貓咪向父親求情，把她從倉庫裡救了出來。貓咪難得厲聲訓了她一頓，最後又替她沖了杯熱可可取暖，貓咪就是這麼溫柔的人。即便是漆黑恐懼的痛苦回憶，此刻仍在白火心中點燃了一簇燈火，多麼讓人懷念啊。

「對了，貓咪呢……」浸淫在海水般的黑暗中，話語情不自禁的自白火口中脫口而出，總是陪伴著她的貓咪究竟去哪了呢？

驀地，頸子傳來一股收緊的力量，「咳……咳咳！」氧氣一鼓作氣被抽離，白火發出乾咳，本能的摸向自己的脖子，卻撫到纖細而冰冷的指節。

有人正扼住著她的頸部，毫不留情的加重力道。

認清到這個事實的剎那，眼前的黑暗朝兩方褪去，她從夢中驚醒，立刻就和前方的人影對上眼——是那位戴著面具的青年。

「——早安，純種小姐。妳一直不醒來，我差點就打算掐死妳了呢。」

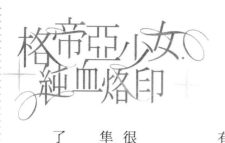

她看見上揚勾起的薄唇，隱約笑露了幾顆白牙，除此之外讀不出表情，全被覆蓋半張臉的面具遮住了。

意識到面具青年掐著自己脖子的當下，無法呼吸的白火竟然感到一股濃厚的硝煙味刺進鼻腔，交雜著鮮血的鐵鏽腥味。她幾乎能透過對方刺進自己頸子的指甲，感受到對方在扣下扳機時究竟施加了多少力量。

白火二話不說就甩開青年的手，瞪著對方低吼：「你是、梅菲斯……」所幸雙手沒有被手銬銬住，輕而易舉的就揮開拘束。

「沒錯，那妳叫什麼名字？」

「……」

「不說啊？算了，無所謂。」梅菲斯掃興的揮揮被她揮開的手，紅了一片，看起來很疼，「大部分的純種我都處理掉了才對，我沒見過妳，妳是從哪裡來的？怎麼會在白隼那裡？」

他動了動蒼白無血色的指節，握緊拳頭，放開，重複好幾次，直到手上的紅印稍退了後，戴著面具的臉再次湊近白火，自然是又被白火打開了手。

「別碰我！」怒意彷彿洪水一般，每條血管的每滴血都奔騰燃燒，眼窩熱得發燙。白火用著赤色的瞳孔瞪著梅菲斯面具下的一對眼眸，過於憤怒的緣故，肩膀反而頻頻發顫著。

「為什麼……要殺了他們？為什麼要做那種事！你是AEF人體實驗的受害者吧，既然明白那種痛苦，為什麼還要讓世界變成這個樣子？為什麼要做……那種事……」

「哪種事？」梅菲斯不痛不癢的偏過頭，彷彿可以看見他面具下的面容正歪了歪眉毛，他自問自答道：「喔，我懂了，不管哪種都無所謂。」那細緻偏高的獨特嗓音，每當吐出一個音節，也連帶呼出一口瘋狂。

讓這個世界走向終結、追殺白隼一行人、甚至是無預警的反咬溫斯頓，白火想問的事他再清楚不過。他也是看這純種竟然會不合乎邏輯的出現在白家，覺得稀奇才把她帶回來。

打從第一眼，梅菲斯就感受到某種致命性的引力，這女孩——有著白隼的影子。光是想到這點，憤怒與戲謔兩股矛盾的情感就糾結於梅菲斯心中，他刻意的湊近白火耳邊低語：「我說，妳不覺得很有趣嗎？」

「……什麼？」

「那些低等人類為了苟延殘喘丟棄尊嚴，根本像是陰溝裡的老鼠。算是種補償心理吧，每當看著那些食物鏈底層的人們呀，我就覺得——自己似乎也不是那麼淒慘了。所以啊，從以前開始，應該是從溫斯頓帶走我的那刻開始吧？我就一直在想，一直在想，絕對要讓所有人嘗受到和我一樣的痛苦，只有我一個人不是太不公平了嗎？曾經捨棄我的這個社會，我也不會讓他們好過。」

「就只是為了這種理由……」

「什麼叫做『這種理由』？我可是被那群人捨棄囉，被出賣到實驗室裡，又像是廢棄物一樣被扔進垃圾桶，我不過是讓大家也體驗一下這種遭遇罷了，又有什麼不對？給我搞清楚，受害者從頭到尾都是我，報復是合乎常理的吧？」

和訕笑一併，他抓起白火與白隼如出一轍的黑色髮絲，將白火早就傷痕累累的身軀往後一推，撞上牆。

聽見白火的骨骼撞上牆面的清響，加上對方幾乎要咳出血的悶哼聲，梅菲斯笑得更加愜意了。

「我呀，不過是讓這蠻橫無理的世界回歸秩序而已。沒有人可以得到幸福，誰也逃不出去，所有人的末路只有一條，相當公平不是嗎？」

白火朦朧的意識正在警告著她——這人已經瘋了，滲透每一條神經般，無法抑制的發狂。

就和殺了白隼一樣，梅菲斯不費吹灰之力就能取走她的性命。

「為什麼……要對白家的人趕盡殺絕？」她仍不怕死的吐出如蚊子般弱小的追問。這時，她心中不知道為什麼浮現出暮雨的影子，一定是出自於愧疚吧，她好想再見暮雨一面。

「這才是我想問的吧，為什麼妳會在白隼那裡？白隼某天突然一溜煙的搞失蹤，我可是費了好一番功夫才找到人。」

乖乖奉命行事的話，至少能讓他們安然過日子，真不明白有什麼好逃的——梅菲斯咂了一下嘴。

看來自己站在絕對優勢，認定眼前的純種跑不掉，他意外的多話了起來。

「白隼他啊——曾經把我賣了喲。」

梅菲斯又咯咯笑了一聲，瞇起面具下的赤瞳。

「當初就是那傢伙把我賣給溫斯頓的，他永遠想不到賣出去當飼料的小孩竟然還活著，甚至反咬他一口吧？我自己聽來也諷刺到不行啊，哈哈哈。」

「……」

「要怪就去怪白家的人吧，是他們害的。白隼，或是那幾個逃走的小鬼……我要他們就算是下了地獄也得刻骨銘心的記住，我之所以會走上這條路，世界之所以會變成這副模樣——他們是罪魁禍首。」

盈滿凶邪的氣息貼上白火耳際，梅菲斯再次扼住她的頸子。

「是妳自己突然出現在白隼身邊的，下地獄後就去找他埋怨吧，純種小姐。」

這次，力道毫不留情的急速收縮，白火登時咳出不成聲的悲鳴。

然而，梅菲斯突然發出一聲低吼：「這是什麼？」他暫時鬆開了手——不，應該說抓住了白火脖子上的某串鍊條，抽了出來。

出現在梅菲斯眼前的，是一道青紫色的澄澈光芒——白隼曾經交給白火和暮雨的弦月狀青金石。

剎那間，空氣瞬間凝結，冷得骨頭都在發寒，白火完全不明白發生了什麼事，只曉得對方在發愣，她抓準時機側身撞開梅菲斯，緊緊護著自己胸口間的石頭，「不准碰，那是我的——」

「為什麼在妳身上？」

梅菲斯的話語讓她呆滯在原地，他在說什麼？

「那明明……是我的東西……明明答應好要給我的，為什麼會出現在妳身上？妳到底是誰？」

「我根本聽不懂你在說什——」

「明明說好要給我的東西，妳為什麼會……還是說，妳是，我的——」

「嘖、咳……你想做什麼，放開我！」有別於剛才的狂氣，梅菲斯不知怎的再次逼近了過來，更深層的恐懼湧上白火的腦袋。

即便看不到對方的眼睛，白火也能清楚感受到——梅菲斯的目標是她掛在脖子上的青金石，諾瓦爾交給她的重要寶物。

她不清楚諾瓦爾是從哪裡得到這顆石頭，但青金石無疑是父親的遺物，光是這點就已足夠，她說什麼也不能放手。

明白這個事實的當下，左手猛地傳出一股燙人的熱度——雪花般的團團火焰在白火手中蠢蠢欲動，出自於本能自衛，也是為了保護父親殘留下來的意念，她連命也可以不要了，剛才為止都未能反抗的白火護住項鍊，左手的火焰朝前方揮舞，飄散出銀雪般的點點火光，力量絢麗的連她都咋舌。

火焰彷彿與她的倉皇產生共鳴，越燒越烈，彷彿吸飽了水的絹布般，攀上梅菲斯的面具，吞噬掉他半張臉。

燃燒聲不絕於耳，梅菲斯的面具究竟是掉下來，或是被燒個精光，她想不起來了。白火目睹面具下面容的那一剎那，腦門像是被開了一槍似的，心跳猛然停止。她甚至忘了怎麼呼吸。

「騙人……」

眼前這位失了面具與軍帽的青年，這位有著細柔嗓音、狂傲蕩然無存的青年，正頂著和記憶中相符的哀傷神情。

白金色的中長髮柔順而下，映照出纖細睫毛下的朱紅色瞳孔，看上去像極了兩輪紅色滿月。

無法比擬的恐懼感搔刮著白火的背脊。

「……約書……亞？」

那個人，那個殺了她的雙親，背負著無數罪惡的梅菲斯——

「你是……約書亞……」

「不准提到那個名字……給我……閉嘴，誰准妳提到那個名字的！我是梅菲斯！我是梅——」

白火只來得及聽見這幾個字，梅菲斯——應該說約書亞……他露出什麼樣的表情，又吼出何等字句，她再也無法回想起來了，無論怎麼回憶，最後眼中浮現的終究只有痛苦抱頭、崩潰嘶吼的赤瞳青年。

同時間，眼前逕自開啟了一道紫色縫隙。

事實過於殘酷，即便眼前突然冒出了一道深紫色的時空裂縫，風壓吹散了四周點燃的銀色星火，拂亂了長髮與衣袖，白火仍久久無法回神。

「果然在這裡……時間不夠了，快點過來！」

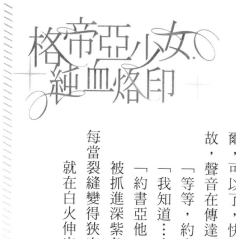

她連眨眼的閒暇都沒有，一隻手猛地扣住她的手腕，將她整個人抓進兩公尺高的深紫色空間中。

白火抽了一口氣，驚惶的回首一瞪，才發現——抓住自己的竟然是暮雨。

「暮雨，我——」

「等等再聽妳解釋，先離開這裡。」

不等白火回話，暮雨乾脆俐落的攬起她的腰，強硬的把她扔進時空裂縫裡，「諾瓦爾，可以了，快走！」他也迅速跳進黑洞中，對著黑洞深處的人影大吼。風壓過強的緣故，聲音在傳達到遠方的當下就被吹散了。

「等等，約書亞他！那是約書亞啊！」

「我知道……我看到了。」

「約書亞他，為什麼——」

被抓進深紫色奇異空間內部，白火看著唯一的入口裂縫宛如傷口痊癒般逐漸密合，每當裂縫變得狹窄，空間外的約書亞身形也一釐一釐的減少。

就在白火伸出手大喊約書亞的同時，裂縫完全封閉，約書亞最後一吋寂寥身形也沒入了黑暗。

殘留在白火手中的，只有一團空虛。

梅菲斯——約書亞孤苦無依的背影狠狠的烙印在她眼裡。

★※★◎★※★

「諾瓦爾猜妳會跑去白隼先生他們那裡，果然沒錯。」

暮雨握住白火撲空的手，將她拉近身邊。

白火從來沒有在清醒的狀態下穿越時空裂縫，目前身處的環境讓她感到無所適從，彷彿失了重力般的身體飄浮著，又像是藉由深海的浮力把身軀推上空。

景色無邊無際，若隱若現的電流能量像是粉塵融入風景中，以驚奇的速度閃過她的眼尾，將她拋之腦後。

成千上萬的景色宛如走馬燈般自白火眼前綻放而開，眩目而滄桑。有她的回憶、暮雨的回憶，以及無法道出姓名的——某人的記憶片段。

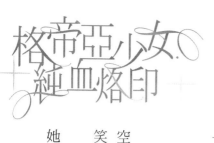

——我以前就是像這樣，和暮雨一起回到過去的吧。

白火凝視著遙遠不見盡頭的紫色空間，不禁暗忖。看著景色如流水般飛逝，心情稍稍得到平息。

然而臨走前，約書亞那發狂又帶著絕望的背影，她始終揮之不去。

「我……想起來了，七月二十七日，是爸媽把我們送回過去的那天，而且我……」

「我知道。」暮雨頷首，他似乎早就習慣了時空空間，行動自如的彷彿在陸地行走一樣。暮雨再次抓著她的手，直盯著她的眼睛，「但是那還不是全部，白火。」

「什麼意思？」

「想起來吧，那個總是陪伴在妳身邊的——最溫柔的人。」

暮雨輕輕一推，她的身體就像隨風起舞的蒲公英般飛動著，飄向了更為深處的紫色空間。有那麼一瞬間，白火懷疑起自己的視覺，她似乎看見暮雨勾勒出若有似無的沉靜笑容。

「暮雨，你到底——」白火反應不過來，就看見逐漸遠去的暮雨化為一個小黑點，她持續以向後退的姿勢朝遠方飛動，抓不住任何方向，也無法習慣空間內的飄浮感。白火笨拙的扭動身子，轉了半圈，才看清楚自己飛往的究竟是何處。

不遠的諾瓦爾抓住她的手，好讓她不再飛往更深層的黑暗。

「偷走了我的東西、胡亂擅自行動，槍林彈雨下沒救到人反而讓自己被梅菲斯抓了回去，還真是趟驚險刺激的旅程。這下玩夠了嗎？滿意了吧？」諾瓦爾劈頭就是訓話，照他平時和安赫爾有得比的輕浮態度，這次會這麼嚴肅可真稀奇。

白火不太懂暮雨所說的「想起來」是什麼意思，只是，眼睛對上諾瓦爾的當下，登時有股莫名的情感蕩漾在心頭。

「對不起，但是我——」

「開玩笑的，我沒有生氣。」上一秒繃著臉的諾瓦爾馬上咧嘴笑了出來，「我大概能體會妳的心情，畢竟我也做過一樣的事。」

每當他笑的時候總會露出顆虎牙，加上那雙蜂蜜色眼睛，像極了貓咪。

……貓咪？

「不過和妳一樣，空手而歸就是了。」

「諾瓦爾？」

不見了，好像有什麼東西不見了，某種雜音穿越耳膜，嗡嗡作響傳到了腦袋。想不起來，白火一面如此思考，眼角不經意瞥見了諾瓦爾自手套中露出的一截手腕，「你的手……」是上次暮雨提到的傷口，黑色瘀傷比起上次又擴張了開來。

不單單如此，白火也看見諾瓦爾頸子上的人造烙印，正發著詭異的黑光。

有別於平日使用人造烙印，那抹陰晦猶如吞噬光芒的沼澤，與諾瓦爾手上的瘀血產生共鳴——濃稠，苦痛而絕望。

冷不防的，白火又聽見了「貓咪」的聲音。

心碎到讓人酸澀的預感綿綿襲滲而來。

無數回憶像是煙火般眩目炸開，明明是絢麗高溫的煙花，白火卻覺得自己就像是深陷於冰冷海底一樣，不斷的、不斷的下沉。

無法辨明是空氣還是海水的冰涼感滲入她的肌膚，同化每一處骨髓，她下意識收緊諾瓦爾的手，因為好像不這麼做，諾瓦爾就會離她而去。

「——請放棄吧，白火小姐。老爺和夫人已經……不可能再相見了。」

「貓咪」如此說道。

腦中的畫面宛如槍炮般重擊白火的腦門——對了，那個時候貓咪的琥珀色眼瞳裡沒有任何光芒，光源全被黑洞吞噬而盡。

口腔裡傳來甜腥的氣息，是血的味道，白火記得她當時用力咬住貓咪的手腕，牙齒全陷進了他的皮肉裡。不只是這樣，貓咪的額頭、肩膀，身上四處是紅色斑點，她依稀可以看見血珠自貓咪的下顎落了下來。

「在接下來的日子中，你和小姐必定會遭遇不計其數的困境，但我相信兩位絕對能夠克服。」

明明目前時空裂縫裡沒有強風，白火卻明確的感受到——有股莫大的風壓正竭盡所能的吹散她和貓咪緊緊相連的手。

破碎的布料像星點漫舞在空中，貓咪就在這星點中，身體搖搖晃盪，好似隨時都會被吹散的燭火。

眼淚撲簌簌的從白火眼裡奪眶而出，被風捲走。

「請不要哭泣，白火小姐，就算您遺忘了我也無所謂，只要您能夠過得幸福，我別無所求。」

貓咪垂下眼簾，如此說道：「我們不是約好了嗎？等到小姐長大了就告訴您我的名字……今後的小姐必定能獨當一面，就算沒有我，您一定也沒問題的。」

虛與實，過去與未來，層層交疊相扣，打出足以粉碎巨石的浪花，白火就佇立於名為夢魘的浪濤間。

「不、不要……」

呻吟聲彷彿囈語般，從白火口中傾瀉而出。

處於汪洋中，溺水的她繼續下沉。

「我、我不要——我沒有辦法一個人啊！我不要沒有小黑的世界，要是沒有小黑的話，我——」

白火深恐自己會弄疼滿是傷的貓咪，卻又害怕他的離去而伸手一抓——不見了，與她身高相仿的少年身姿從頭到尾都不在這裡。

撲了空的白火，取而代之的——握住了諾瓦爾那雙寬大而冰冷的手。

「不要離開我！小黑，我、我不要一個人……不要丟下我啊！」

「所以，請聽清楚囉，我的名字是——」

貓咪——小黑咧嘴一笑，光是看見那唇下的虎牙以及笑彎的琥珀色瞳眸，她的眼中就盈滿水氣，淚水再次潰堤。

淤塞住白火的最後一道枷鎖終於逸散而開。

這一刻，這個瞬間，小黑的真名自她胸臆一閃而過。

狂潮灌入雙耳，白火聲嘶力竭的發出悲鳴：「你的名字是——諾瓦爾……」

# 04. N的獨白

他獨自站在樹影斑駁的角落中，任由午後豔陽產生的陰影沖淡自己的存在感。然而那頭微捲的紅髮和琥珀色眼瞳無論再怎麼壓低身段，仍顯得醒目，加上他那清秀精緻的中性容貌，即便總是掛著過分厭世的冰霜神情，仍難掩自他身上散發而出的特殊氣質。

於是孤兒院的人替他取了個名字——諾瓦爾。

那是象徵黑色的名諱，與他再相襯不過。

孤兒們多半沒有姓名，身世不詳，自有意識以來就被帶進了設施裡，有個名字也方便行動，因此諾瓦爾並不討厭這個名字。當然，若是沒有姓名也無妨，打從被抓進孤兒院的那一刻起，他們就失去了暢談未來的資格。

而他所待的孤兒院也就是徒有其名，實際上大半的孤兒都會被投入人造烙印的實驗中，與其說是孤兒院，不如說飼養家畜用的豬圈還比較恰當。

諾瓦爾正是早早明白這個事實，才會總是佇立在陰影角落中，不成群，不與人接觸，喜怒不形於色。

對諾瓦爾而言，自己就像是水槽裡的寵物魚一樣。每當遭受痛苦時，他就會幻想自己活在包覆整個世界的玻璃罩外圍，以第三者的角度來旁觀自己的人生際遇。這個方法輕鬆且方便，屢試不爽。

「這次輪到我了嗎？」

因此當諾瓦爾獨自被帶上手術檯時，他也照樣待在玻璃罩外圍，目睹自己褪去所有貼身衣物，換上手術服。過於細瘦的皮包骨搭上寬鬆衣服，那模樣顯得有些可笑，玻璃罩外的諾瓦爾湧上一股笑意，當然，現實的他仍舊連嘴角也沒牽動一下。

然而，當他那冷淡到毛骨悚然的神情與帶領他離去的研究員對上眼時，反倒是那位研究員呆愣在原地。

接下來所發生的事情，就連玻璃罩外的諾瓦爾都感到些許驚奇——那位原本打算把他送上手術檯的研究員，不知是怎麼樣的心情轉折，竟然悄悄將他帶離孤兒院，送進了家門裡。

那位偷偷帶著他離開的研究員，名為白隼。

白隼是位身材高瘦的男子，即便髮色黑亮，仍能從輪廓上窺見一些歲月痕跡，而他的身子倒是站得挺拔，沒有駝背跡象。年幼的諾瓦爾身高矮了白隼一大截，當他被白隼牽著走時，不經意抬頭一看，能瞥見白隼長期埋首於研究下造成的些許眼睛血絲。

白隼將諾瓦爾安置在郊區的屋宅裡，那棟屋內還住著他的妻子沙利文，以及他們的獨生女。

諾瓦爾永遠記得那是滿聚著積狀雲的黃昏天空，赤輪西墜，燒得雲朵火紅，好似暴風雨前的寧靜。他被邀請入住後，依舊待在雲朵及房屋的陰影下，面色陰沉。

即便他如何隱藏自己，甚至是散發出生人勿近的陰狠氣息，仍被「某個人」從影子裡抓了出來。

「啊，貓咪！有貓咪耶，貓咪——！」

一名年幼的女孩彷彿發現新大陸般撲上前，抓住他的手臂，身高差距的緣故，他的手臂就像是樹幹一樣被拿來吊單槓。諾瓦爾當下就會意到了，那是白隼的女兒，似乎叫做白火。

扼殺無數孩童的白隼竟然敢將女兒安置在自己身邊，還真有膽量。

看來那研究員連僅存的一絲人性也被啃食精光了吧，真想知道那血染雙手的研究員晚上會做什麼樣的惡夢。

諾瓦爾不動聲色的揮開女孩的手，「我不是貓，只是眼睛很像貓而已。」

「那你叫什麼名字？」

「您就叫我小黑吧。」

諾瓦爾對白火的第一印象相當簡單：不知外頭險惡、沒有付出任何辛勞就能獲得一切的幸福，自溫室中成長的嬌柔花朵。他可是費了好一番心力才控制住自己隨時想扼死白火脖子的雙手。

「小黑？小黑？可是你一點也不黑呀。」

白火又不識相的湊了過來，踮起腳尖。

諾瓦爾感覺到自己被摸了幾下臉頰，他嚥下好幾口唾沫，才勉強忍下甩開對方的衝動。被白火輕撫而過的臉頰傳來一股躁熱，他作嘔的想吐，他竟然被白隼那個殺人犯的女兒碰觸了。

他深呼吸，把所有惡意連帶空氣吞回肺腔裡，壓低尚未變聲的稚嫩嗓音說道：「但是我的本名是『黑色』的意思，所以您就叫我小黑吧。」

「你不告訴我名字嗎？」

「長大了就告訴您。」

「這樣啊……那約好了喔！我們來打勾勾一言為定！」

——怎麼可能會告訴妳，一輩子都不會告訴妳。

玻璃罩外的諾瓦爾冷眼看待一切，有別於平日的淡然，這次身為旁觀者的他握緊拳頭，氣急敗壞的啐了一口。

諾瓦爾內心百般不願的勾住白火的小指，用拇指打了個印章，「我明白了。」

明白什麼？明白這嬌生慣養的少女終究和自己處於判若雲泥的世界，明白自己不過是換了個飼養圈棲息的可悲家畜，明白自己從降臨於這個世界後，終究只能當個扼殺情感、苟延殘喘的黑色影子。

同時，在白火觸碰到他臉頰的那一秒，他也無法自拔的明白了——他憎恨著白火，同時，對她的欣羨也鏤心刻骨的深根整個胸口。

★※★◎★※★

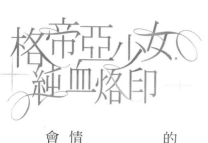

在那之後，第三次黃昏災厄爆發，世界陷入一片黑暗。

身為人造烙印研究員的白隼夫婦僥倖逃過這一次災難，繼續於新掌權的政府麾下行事。無數人傷亡的災難末日、以及瀕臨毀滅的階級世界，對他們而言並沒有帶來想像中的威脅。

白隼和沙利文皆忙於研究，待在家裡的時間少之又少，平時家事都是利用掃除機器人，至於照顧白火的保母，當然也是灌入人工智慧的機械。諾瓦爾入住後，他把那些鐵塊的機能都關掉，主動提議自己擔任管家一職，雖說以他的年紀稱為侍童還比較貼切。

他會要求工作並不是出自報恩，也不是打著只要自己付出努力就不用被送回手術檯的如意算盤，更不是想博得白家的信任，當然也和苟且偷生無關。

——我究竟是為什麼想這樣做呢？

玻璃罩外的諾瓦爾靜靜旁觀，也想不出個所以然來。

白家的豪宅宛若桃花源，隔絕了外界的紛擾與髒亂，待在這片淨土中，他不做點事情反而靜不下心，忙碌得無暇思考反而正好。唯一的缺點就是白家那幼小的千金小姐總會阻礙他的工作步調。

「來陪我玩嘛，小黑！」

「請恕我拒絕，小姐，我還有工作要忙。」

「工作？工作？你是說曬衣服嗎？那我也一起來幫忙——」

抱住他大腿的白火跳了開來，搶過他手上裝滿乾淨衣物的衣籃，飛快的跑向庭院。果不其然，白火才跑了幾公尺遠就絆倒自己的腳，連人帶籃子飛了出去，好不容易洗乾淨的衣服全沾上了庭院上的泥土。

「對、對不起！我不是故意的……」白火淚汪汪的看著衣服，跌坐在地嚎啕大哭。

——拜託，該哭的是我吧。

這種鬧劇不計其數，每當看著那樣的她，諾瓦爾總是費了一番功夫才壓抑住發怒的衝動。

——若是沒有那個能力，就不要踏入我的世界。

玻璃罩外的諾瓦爾喃喃自語。向來淡然看待世事的他，久違的怒意……還有許多無法形容的情感漸漸回到他的心中，壓得他喘不過氣來。

他曾經捨棄的情感彷彿雛鳥歸巢般重新占據他的思緒，這自然沒有是什麼失而復得的慶幸，反倒是讓他的四肢如灌了鉛般笨重，從前流暢的言行舉止都受到莫名的力量左右，活像是被上了道枷鎖桎梏。

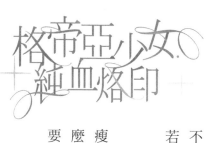

「您為什麼總是要妨礙我？」

因此，彷彿蚍蜉之力的抵抗，某一次——也說不上來是哪次了——白火又搞砸家事的時候，諾瓦爾終於忍不住對她吼叫。

那是他來到白家後第一次發出宛若食肉性動物般的咆哮。

因為諾瓦爾確切的感受到，這個天真而可悲的女孩正一點一滴侵蝕他僅有的空間。不顧他的意願，將他從根深蒂固的玻璃罩外頭硬生生拉回現實，逼迫他正視至今為止視若無睹的現況。

白火歪頭，「妨——礙——？妨礙是什麼意思？」

「……就是找我麻煩的意思。為什麼要一直妨礙我？」諾瓦爾彎下身，掐住白火細瘦到彷彿花莖的脖子，聲音滿是怒意，「您只要像溫室花朵就行了，什麼也不用做，什麼也用不著知道，只要乖乖活在父母為妳打造的舒適圈就行了。您和我不同，所以請不要闖入我的世界裡。」

——我不想要和妳有任何接觸，不要靠近我，不要和我說話，不要跟我有任何的接觸，妳這流著白隼那犯罪者血脈的、懵懂無知的愚昧孩子。

「我不懂你在說什麼，小黑……如果惹你生氣，對不起，我向你道歉，對不起……對不起嘛……」

諾瓦爾感受到他抓緊的白火脖子傳上一股嗚咽聲，不出所料，眼淚像是湧泉似的數秒內就聚滿白火的眼窩，戲劇化的簡直像是在變魔術。

「我只是覺得比起一個人做家事，兩個人絕對比較有趣……一個人的話很寂寞呀！小黑總是一個人站在那裡不說話，露出快要哭出來的表情……那樣……很寂寞啊……」

「……」

「當我覺得很寂寞的時候，我會希望有人陪我說話，但是家裡沒有任何人……所以小黑來到家裡我很高興，我不希望小黑和我一樣是一個人……惹你生氣了很對不起，我不會再犯了，原諒我好不好？拜託，不要討厭我……」

諾瓦爾盯著那淚眼婆娑的小臉，一時間語塞，「……不過就是個……什麼也不懂的小鬼……」他苦悶的瞇起眼，琥珀色的瞳子彷彿接觸日光的貓咪般，瞳孔收縮了起來。

這一次，無論是玻璃罩內的諾瓦爾，還是生活於現實的諾瓦爾，均憤怒至極甩開揪緊白火頸部的手，忿而轉身離去。

在那之後，白火再也沒有插手協助他的家務，以一個總是壞事的年幼孩童而言，這點學習力還算值得褒獎。

每當諾瓦爾為了家事在屋內走動時，白火就像個剛嫁進來的小媳婦似的躲在角落一隅觀察他的臉色。

這下立場整個對調，中途入住的諾瓦爾反而成了屋主。

諾瓦爾向來喜怒不形於色，即便這些日子脾氣暴躁到極點，他卻連嘴角也沒牽動一下，唯一有變化的是眼神，睫毛長長的陰影落在眼瞼上，平日的晦暗神情更是添了股肅殺之氣。

惹哭了白家的女兒，會被白隼趕出門嗎？再次被抓回孤兒院裡？也罷，怎樣都好。

諾瓦爾試探性的瞅了玻璃罩外的自己一眼，玻璃罩外的少年對他聳聳肩，沒有回話。

回歸到身上的諸多情感，他似乎漸漸習慣那樣的重量了，加上前陣子替自己出了口氣，身體反而像空中的羽毛一樣輕盈。

這樣微妙的關係持續了些許日子，諾瓦爾終於在某次一面曬著床單，用貓咪般的眼睛掃了白火一眼，問道：「……在我來到這裡之前，您過著怎麼樣的生活？」

白火的反應他大概一輩子也難以忘懷——原本怯生生蹲在地上的白火彷彿等得望穿秋水似的，一聽見他的聲音，立刻跳了起來跑向他，欣喜的直眨著眼睛。

「小黑是說我一個人的時候？」

這反應登時讓諾瓦爾聯想到了等待主人回來的家犬，這小孩的情緒到底是什麼構造做的？他心中抱持著疑問，點點頭，「一個人的時候。」

「一個人的時候……待在家裡，哪裡也不去！」白火指了指屋內，「爸爸媽媽說絕對不可以出門，所以我什麼也不做，一直乖乖等他們回來。我是乖孩子，所以很擅長等人回來喔！」

「老爺和夫人有向您說些什麼嗎？像是外面的事，工作的事。」

「爸爸只有說過外面很危險，不可以出門……剩下的我就不知道了，我不敢問。有一次問了爸爸媽媽在做什麼工作，他們就露出很奇怪的表情……我不喜歡那個表情，就不敢再問了。」

「……」

「我知道爸爸媽媽是很厲害的研究員喔！但是我和他們不一樣，一點也不聰明嘛，所以只能努力當個乖孩子等他們回來……但是現在有小黑在，比較不孤單了……啊，其實我知道爸爸就連回家時也在工作喔！但是不可以問工作內容，我有一次問了，爸爸媽媽的表情變得有點像是哭臉，所以小黑不可以問喔！沒有人喜歡流眼淚呀——小黑？」

不知怎的，直到回神時，諾瓦爾發現自己竟然彎下腰來，低著臉，做了個端正至極的鞠躬致歉。

「前陣子……是我失言了，小姐，請原諒我。」

「失言？失言是什麼意思？」

諾瓦爾依舊沒有抬起頭，「說錯話的意思。上次是我的過失，請原諒我。」

「我不太懂你在說什麼，是和好的意思嗎？我們不吵架了嗎？」白火蹦蹦跳跳的走到他面前，蹲下來抬頭一看，這下才看清楚他的臉，「我說——不吵架了嗎？我可以繼續像這樣和小黑說話了嗎？」

諾瓦爾別過臉，沉默了良久才吞吞吐吐的說道：「……是的，不吵架了。」

——無知、天真、潔白而悲哀。多麼可憐的孩子啊。

眼前的人只是純粹的、純粹的讓他心生憐憫，他明明沒有這種情感的。又有某些東西回來了，諾瓦爾心想，他很久以前就拋在腦後的諸多情感，像是迷途的孩子般繞了一大圈路程，然後再度回到他的掌中。

「我可能無法帶您一睹外頭的世界，然而……我會盡可能的陪伴在您身旁。我不太擅長與人接觸，但是我會努力的。」

向來不打算碰觸白火的諾瓦爾，第一次主動伸出手，怯弱而憐惜的輕輕撫摸過白火的頭。

諾瓦爾暗自撇頭一看，不知何時，哪也找不到玻璃罩外的自己了。

「因為就和您所說的一樣，一個人……很寂寞的。」

在這之後，諾瓦爾開始嘗試學習，家事、料理、禮儀、閱讀等等，此外也負責白火的學識教育。他也學習去正視於心中增生的各種情感，另外，他還會嘗試著將玻璃罩外的自己拉回現實中。

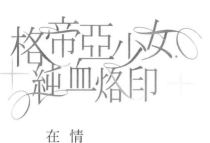

諾瓦爾會偷偷在鏡子前面練習露出笑容，他不太喜歡自己眼睛和虎牙，所以不太常笑。只是每當他努力擠出一點生硬的笑容時，白火總是會回報他更大的笑臉，那時諾瓦爾就會覺得這樣也不壞。

「撲克牌在飛耶，而且不見了！小黑會魔法嗎？」

「這只是最基本的二十一點切牌。我猜想小姐會喜歡，就練習了一下。」

對了，某次為了哄白火開心，他還特地學了魔術。

「若小姐喜歡的話，我以後就成為魔術師吧。」

「真的嗎？真的嗎？那我一定會去當小黑的觀眾的！說好囉？我們來打勾勾！」

「嗯。」他彎下腰來，用小指勾住白火的手指，「我和小姐的約定又增加了呢。」

「約定增加是好事嗎？」

「是的，再好不過。今後也許下更多更多的約定，然後一個個去完成吧。」

他也開始替白隼「分擔」實驗作業，多半是整理文件以及數據，以及連白火也不知情的——負責「處理」掉人體實驗失敗後的殘骸。諾瓦爾替自己下了個鐵則：絕對不准在協助實驗後碰觸白火。

除了人造烙印要求的工作內容，某次在整理白隼的書房時，諾瓦爾碰巧發現白隼桌上擺放著閃爍奇妙光輝的藍色石頭，白隼似乎也在進行別種研究。

幾次季節輪替，過了一段祥和到宛如遺世獨立的日子，家中又有新成員了。是個擁有夜色般的髮絲、祖母綠寶石的眼眸子、和白火年紀相仿的稚嫩男孩。名字叫做暮雨，似乎是白火取的。

諾瓦爾不禁心想——若是當初來到白家時編造一下「我沒有名字」的謊言，白火是不是也會替他命名呢？看著那瘦骨如柴、蒼白無血色又膽怯無比的暮雨，他沒來由的羨慕了起來。

暮雨似乎是在路上被白隼撿到的，無論是境遇還是那消極怯弱的性格都像極了流浪狗。多虧那幾乎到了自閉的性格，暮雨沒多久就成為白火名符其實的跟班。

「小黑，你有沒有看見暮雨？我哪裡都找不到啊！」白火探頭到廚房裡，「我們約好要玩的，可是他不見了！房間裡也沒有人！」

諾瓦爾一面將鐵模壓入生麵團，接著放到烘焙紙上，盯著烤盤的狀態下回話：「不如我陪您吧，小姐，我們來玩捉迷藏怎麼樣？」

「小黑當鬼嗎？」

「當然。」

「那我要躲起來了喔！我很厲害喔，小黑絕對找不到我的！啊，小黑要乖乖數到一百喔！」

「我知道了，路上小心。」

白火一溜煙跑了，聽到腳步聲遠去後，諾瓦爾滿意的點點頭，「好了，等等還得掃樓梯……」將擺放好麵糰的烤盤送入預熱過的烤箱後，他一邊收拾材料，一邊瞄了眼廚房的死角，「可以出來囉。」

廚房角落飄出了個瘦小的人影，是暮雨。

「謝、謝謝。」

「要是小姐鬧得太過頭，我去和她說說吧？」多半是白火又用了什麼做威脅，嚇得暮雨逃跑了吧，這小姐還真是不饒人。

「沒、沒關係的……我不會討厭，只是請不要責怪白火，她會難過的。」

諾瓦爾用乾淨的布擦乾手上的水，然後摸摸暮雨的頭，「還真是體貼，好孩子、好孩子。」曾幾何時，他也負責當起白火和暮雨兩人的大哥了，這種感覺還真奇妙，諾瓦爾心想。

「那個，我看小黑一直都很忙……我可以和小黑一起做家事嗎？」

「謝謝你，光是這份心意就夠了。」我不想弄髒你們的手——諾瓦爾發出無人知曉的低語，「趁著小姐不在時回房間吧，你想看的書我已經放在書桌上了。」

如此這般的，幸福到讓人心生恐懼的生活。

諾瓦爾漸漸開始臆測——白隼當初為什麼會把他帶來家裡呢？他平淡無奇、毫無特色，也不具備任何才能和背景。說來也奇妙，好奇心也是諾瓦爾日累月積下孕育的一股情感之一。

「等等，暮雨。」

「怎麼了嗎？」

諾瓦爾眼珠子瞟向角落，他陷入思考時總是會有這個習慣，「不，果然還是沒事，你回房吧。」思忖了良久，他搖搖頭，目送著暮雨離去。

暮雨一走，諾瓦爾馬上打開廚房架上最高的櫃子，從裡頭抽出某個藥袋，將裡頭的藥全數銷毀，然後丟進垃圾桶。

接著他也不管烤箱裡的食物了，圍裙一丟，快步走向白隼的書房，敲敲門走進去。

「請恕我拒絕本次的命令。」諾瓦爾劈頭就是這句話，至今為止什麼骯髒事他都見識過了，唯獨這次，他是第一次反抗白隼的指示，「為什麼要做那種事？」

白隼的身體陷入書房椅內，仰天盯著吊燈，吁出一口長氣，「撐不了多久了……若是不繼續進行研究，軍方的人會起疑的。」

其實不單單是好奇心，諾瓦爾心中也存在著許多他難以用言詞形容的情感。

「我明白了，您若是非要人不可，那麼就請帶走我吧，老爺。請不要帶走暮雨，白火小姐會難過的。」

諾瓦爾就像是吞了冰塊似的，儘管口氣平順，聲音卻冷得連他自己心裡都起了一陣惡寒。那股久違的感覺又來了，他站在玻璃罩外，無關痛癢的旁觀現實生活中的自己。

白隼沒有回話，於是他順勢提出埋藏在心裡許久的疑問：「既然您打算今後也替軍隊行事，當初為何還要救我一命呢？」

「因為你很像一個人。」

「很像……一個人？」

「我曾經殺掉的一個人，你當時的眼神……簡直和他一模一樣。」

白隼提到，諾瓦爾當初那冷酷到毛骨悚然的神情未免和「那個孩子」太過相似，在四目交接的當下，白隼瞬間被罪惡感淹沒了。

為了贖罪，他才將諾瓦爾領了回來。

白隼不擅長記憶小孩臉孔的原因也是基於此，他扼殺過無數個孩子，心靈也隨之死亡過無數次。然而，犧牲掉「那個孩子」的當下，早已埋葬的心靈彷彿又被強制從土裡挖了出來。剖成兩半，榨乾所有情感、淚水與血液，將他的心臟從「死」這個字帶往更深層的絕望。

白隼之後連連做著惡夢，而後在某次與諾瓦爾相遇，罪惡感與補償心理讓他無法自拔的將諾瓦爾帶回了家裡。

「您是把我和那孩子重疊在一起了嗎？」

「嗯，你要說是贖罪也罷，只是看到你的那一瞬間，我就覺得那個孩子……就像是那個孩子對我的復仇一樣，我永遠也脫離不了這個惡夢。」白隼垂下眼簾，「諾瓦爾，你就像映照出那孩子的鏡子般，會永永遠遠逼我喚醒那段記憶。」

——我是那孩子的影子，我是那個人的黑色影子。

諾瓦爾在心中重複著這句話。

稱不上喜悅，但絕對不是悲傷的情緒彷彿漣漪般擴散到他的心底。

「那孩子是個什麼樣的人呢？」

「他叫做白夜。是我的兒子。」

白隼說道，語氣平順的就像是——他也像曾經的諾瓦爾一樣，待在玻璃罩外旁觀著自己的醜惡。

★※★◎★※★

諾瓦爾永遠記得來到白家的那天，夕陽燃燒熾熱，俗話說天空越赤紅就代表即將到來的風雨會更為狂暴。當時的預感就督促著他：這是暴風雨前的寧靜。

輪轉了幾年，他幾乎遺忘的暴風雨終究還是降臨了。醞釀許久的災難，破壞力格外之大——白隼拒絕將暮雨送進人造烙印的實驗室，包庇了其他孤兒，並放棄所有研究，徹底違背AEF的命令。

為了隱匿行蹤，他們立刻搬了家，情況緊急下也無法收妥行李，諾瓦爾順勢將桌上的金屬墜子收進口袋裡。墜子裡扣著他與白家的照片，那是諾瓦爾最初，也是最後的家庭合照。

而後終究來到了暴風雨當日——3005C.E.，七月二十七日接近清晨。

AEF的追兵追查到他們的所在處，如此一來，被攻破只是遲早的事。當天凌晨，諾瓦爾奉命前往房屋深處的研究室待命。不一會兒，白隼抱著睡眼惺忪的白火和暮雨衝了進來。

白隼將兩個小孩推到諾瓦爾懷裡，同時間，槍炮聲已經炸毀建築外層，瓦礫粉塵如雨點般落了下來。

「諾瓦爾，你相信平行世界的存在嗎？」白隼筆直盯著他的眼睛問道。

「平行世界？」

「沒錯，只要改變過去，未來也會受之影響，進而形成嶄新的局面。當中也包括無解的謬誤，例如你回到過去殺了我，未來的我也會隨之消失，如此一來，曾經被我救了一命的你又會有什麼下場？這種雞生蛋、蛋生雞的無解輪迴，就是所謂的時空悖論。」

「老爺，您究竟打算──」

「就算是這樣也無妨，我決定以你做場豪賭。諾瓦爾，帶著他們離開吧。用不著擔心，青金石會引導你們的。」

炸彈炸毀研究室的正門，分貝震耳欲聾，耳鳴聲嗡嗡作響的緣故，諾瓦爾一時間聽不懂白隼究竟在說些什麼。

「在時空的洪流中，你會忘卻種種回憶，甚至遺忘我的存在。這都無所謂，唯獨別忘記你自己的名字。名字象徵一切始源，只要記得自己的名字，就存有希望。」

白隼將一張卡片塞到諾瓦爾口袋裡，是第三次黃昏災厄尚未發生時，白隼待在世界政府時的識別證。白隼在研究所內的職權相當大，識別證的權限必定也是如此。

「絕對、絕對不要忘記自己的名字，你要永永遠遠記住自己是誰，你的名字是──諾瓦爾。」

「……我是，諾瓦爾。」

白隼滿意的點點頭，將他的肩膀推了出去，「去吧——我的孩子。」

感受到白隼將掌心貼在他肩膀上，將全部孤注一擲。

白隼的手心脫離他背脊的剎那，諾瓦爾彷彿被灌注了什麼力量般，他抓住白火和暮雨，頭也不回的向前衝刺。

槍炮交鋒之中，胃液翻攪，簡直要沸騰的血液彷彿灼傷了咽喉，這下他終於忍不住抽搐著身體咳嗽。就算他用盡最後一絲力氣摀住嘴巴，幾縷紅血仍像是蠶絲般從他的指縫流了出來。

兩眼發黑，注意力渙散，但他仍能感覺到——似乎有人將他破破爛爛的身體硬是扯了起來。

「你們一定會平安無事的，不要回頭，然後——活下去！」

那道聲音宛若導航塔上的明亮燈光，諾瓦爾的身體像是受到磁力牽引般再次向前奔跑，他帶著白火和暮雨衝進時空傳送裝置的球體內。

在他用力護住懷內的兩個孩子，身體卻忍不住倒下之際，一股浮力卻湧現而上，眼前出現了如銀河般不著邊際的紫色空間。

他會意到這是時空裂縫內部時，足以吹飛成人的強大風壓灌進耳內，白火自他胳臂裡飛了出去，「小姐！」諾瓦爾似乎能聽見自己骨骼扭曲碎裂的聲音，他費盡全力才勉強抓住白火的肩膀，而白火的另一隻手則抓著暮雨，他們這樣的狀況是撐不久的。

眼前猶似高速行駛的車窗景色，映照著過去、現在、未來的景色飛逝而過，不留一點蹤跡。

望著將被巨風捲至深淵的瘦小白火，從不曾落淚的諾瓦爾此時竟感到一股鼻酸。

「請恕我在此道別，小姐。」

至今為止的種種回憶宛如冬雪飛舞，盲了諾瓦爾的雙目。究竟是不想看，還是不敢看呢，他眼中的白火沒來由的朦朧糊成了一片。

白火驚惶的攀住他那讓人怵目驚心的染血之手，「我、我不要！我不要沒有小黑的世界！我們不是還有很多的約定嗎？小黑不在的話就沒辦法實現了！要是沒有小黑的話，我——」

「請不要哭泣，白火小姐，我們必定還會重逢。」

看著淚眼婆娑的女孩，他憐愛的將白火埋入自己的胸口。

——我以前還曾經想殺了您呢，真是對不起。

諾瓦爾緊閉雙眼，泌出的淚水宛如浮上水面的泡沫般散了開來。

無數次與死神擦身而過，受桎梏之困卻從不哭泣的諾瓦爾，第一次流下了眼淚。

諾瓦爾伸出手，勾住白火瘦細的小指頭，蓋了個章。

這個象徵他做過幾次了呢？數不清楚了，但願每次約定都有實現，這次他也不打算食言。

「我們不是約好了嗎？等到小姐長大了就告訴您我的名字……雖然現在還有些早，但是今後的小姐必定能獨當一面，就算沒有我，您一定也沒問題的。」

「不要離開我！小黑，我、我不要一個人……不要丟下我啊！」

——在我生涯中，我會竭盡所能替您承受一切苦難。

——所以請向前邁進吧，我的小姐。

「我的名字是——諾瓦爾。」

「……諾、瓦爾……」

「沒錯。」諾瓦爾笑彎了眼眸，那抹笑容美麗的讓人心碎，「黑色的，諾瓦爾。您的貓咪。」

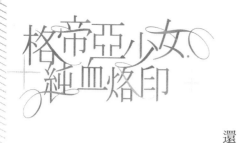

諾瓦爾猛地想起笑容的意義，或許他就是為了這一天才在暗地裡練習，現在才能勉強綻放出如此自然的笑臉吧。

「白火小姐，就算您遺忘了我也無所謂，只要您能夠過得幸福，我別無所求。」

因為白火曾說過喜歡他的笑臉，所以此刻的他才敢大膽的綻放微笑。

「我原本是如此下定決心的，但是……如果可以的話，就算只是名字也好，我果然還是……渴望能駐留於您的心中。」

聲音逐漸被強風吞噬，眼淚似乎滲進了唇裡，一股鹹味傳遞到神經。

諾瓦爾仍不改臉上那第一次、也是最後一次，溫煦的宛如朝陽的笑容。

「這是我和小姐的最後一個約定——請不要……忘了我。」

而後，緩緩的，百般留戀的，他鬆開了白火的手。

★※★◎★※★

諾瓦爾再次醒來時，身處於廣大寂寥的黃土荒野。

他摸摸發疼的額間，指尖觸碰到乾乾黏黏的突起物，似乎是傷口上的血液凝結成了黑色血塊。

腦袋一片雜訊，他宛如空殼般愣坐在原地，怔忡了好久、好久都沒有動靜。

鼓膜深處傳來某人的呼喊聲，有冷風呼嘯而過；又像是耳際貼緊貝殼般，浪濤震動他的耳窩。

總覺得，雙手空空的——他似乎放開了什麼相當重要的東西。

諾瓦爾本能的盯著掌心，這時才感覺自己的手腕上纏了什麼東西，類似手錶，除了時針外，螢幕也跳出了他不明所以的數據，手錶一角顯示著「3010C.E.」的年代數字。

颶風，哭喊，削過臉頰的鐵屑與子彈，深紫色的深淵。

「我是……我的名字……是……」諾瓦爾抱著疼痛到幾乎要裂開的腦殼，他簡直就像是剛學說話的幼孩，除了音節外發不出完整的字句。

名字，曾經有人囑咐他絕對不可以忘記自己的名字。

但別說是那個人了，他甚至連自己的名字也想不出端倪。

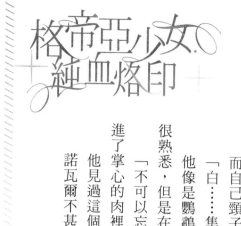

只有「貓咪」兩個字冷不防閃過腦海。

「我是，黑色的……貓。」

出於求生本能，或是遺忘所帶來的心急如焚正催動他的心臟，他驚惶的摸遍衣物上的所有口袋，當指尖碰觸到外套口袋裡的東西時，諾瓦爾像是捉到救命繩般，顫抖著手把東西抽了出來。

一張卡片，還有一條銀色墜飾。

而自己頸子上，掛著月牙狀的靛青色寶石。

「白……隼……白隼，白隼。」

他像是鸚鵡般反覆重複著卡片上的名字，識別證上的照片是一位黑髮黑瞳的男子，很熟悉，但是在哪裡見過面的呢？

「不可以忘記啊……」諾瓦爾無助的收緊卡片，力道過猛，裁切整齊的卡片邊緣陷進了掌心的肉裡，肌膚表層好不容易凝固乾涸的血塊剝落，再次湧出了幾滴鮮血。

他見過這個男人……是照片，在其他的照片裡。

諾瓦爾不甚靈活的扳開銀色墜子，墜飾裡嵌合了一張相片，他抽了口氣，瞠大雙眼湊近一看，相片裡竟然映照著自己的身影。

「我是……諾瓦爾，黑色的，諾瓦爾。」

諾瓦爾反覆而笨拙的重複道出自己的名字，為的就是將這個差點遺忘的東西再次收回心中。

他想起來了，那是他第一張、也是唯一一張的家庭合照。

唯獨自己的名字，絕對不可以忘記。只要還有名字，他就能擁有未來。

「還好沒忘記……不可以忘記，絕對不能忘記啊。」

體會到這個事實的同時，諾瓦爾握緊照片墜飾，無法自拔的放聲痛哭。

「我不想……忘記你們啊啊啊啊……」

★※★◎★※★

3010C.E. 的未來仍舊沒有起色，軍隊高壓統治下的世界一片慘澹。

反抗是死，苟延殘喘也是死，諾瓦爾索性加入軍隊，主動投入了人造烙印的實驗。

他只是一般人類，沒有任何格帝亞病毒的抗體與基因。打從以前開始，每當站在白火和暮雨身旁時，唯獨他的腳下會拉出好長、好長的黑影，諾瓦爾光是不小心用眼角掃過自己的影子，就能聽見影子提醒著他：你終究不是白家的一分子。

因此他自告奮勇的站上手術檯，只要萬分之一的機率實驗成功了，他說不定就能更接近白家的人一點；若是不幸失敗，那也代表他努力過了，怎樣都是種結果。

諾瓦爾闔上雙眼，直到失去意識的那瞬間為止，他都苦苦懇求著再度張眼的奇蹟。

——如果能夠再次睜開雙眼，再次活下去的話，我想要……再見你們一面。

★※★◎★※★

幾度季節更迭，諾瓦爾頸項上的玄色蛇紋刺青閃爍著儼然不像是這世界該有的光芒，他持續追尋著青金色的光，終於再次找到了那位沒有影子的女孩。

和女孩對上眼的剎那，身上的每一條神經、每一滴奔騰的血液都在他耳邊細語著。

——啊啊，就是這個人，不會錯的。

讓她繼續在這個時代安穩的活下去吧，諾瓦爾大可以故作堅強的揮袖離去，然而身體就像是被施了蠱毒般無法控制的渴求著對方，從以前到現在萌芽而出的各種情感宛如蠟炬般融化著他的心靈。

該前進？還是退後？

抉擇僅有一瞬間，卻讓他感覺有一世紀那麼久。他感受到自己劈進骨髓裡的各種劣根性蠶食鯨吞著他的腦殼，那是從沒嘗受過的苦楚，不是挨揍那種生理上的皮肉傷，而是更為強大的心靈衝擊。

「總算讓我找到了，妳是白火吧？」

最後，他的自私與欲望同時衝破了最後一道防衛線，化為海嘯淹沒他的身軀。

「還會再見面的，到時候再告訴妳名字吧——白火。」

他抓住白火的手，將她拉進了通往公元三千年的時空裂縫。

05. 深淵

白火像是觸電似的「啪」一聲張開眼睛。

鬆軟過頭的床鋪讓她稍微有點難以坐起身，「這裡是哪裡……」她掀開蓋在身上的高級蠶絲被，沒想到手一動，刺痛感就傳遍全身，白火摸摸自己的臉，臉頰和四肢到處都是包紮的痕跡。

「睡得還好嗎？白火小妹子。」

她還沒摸清楚自己身處何方，久違的嗓音就輕輕的滑入耳中，白火反射性的往聲音那頭看過去，「安赫爾……」

安赫爾笑眯著蛇一般的眼睛，平時白火看到他眼睛周圍的烙印只覺得充滿威脅性，但或許是終於見到久違熟人的緣故，現在反而感動得眼淚都快掉下來了。

「歡迎蒞臨寒舍，我們本家的客房還不錯吧，哼哼。」

「本家？」她想起局長是名門布瑟斯的大少爺，難怪身體下的床鋪高級的不像是平民貨，「為什麼我會在這裡？其他人呢？」

「妳說那個紅髮貓眼——啊，現在改名叫做小忠喵好了，你們不是相親相愛的跑到3005C.E. 去探險了嗎？小忠喵把你和暮雨老弟帶回來啦，觀迎回到公元三千年的美好世界。嘖嘖嘖，果然那個人造刺青真是有夠方便，哪天我也去刻一個在身上好了。」

「你說諾瓦爾……」

時空裂縫中的記憶歷歷在目，白火一想到諾瓦爾那貓咪般的眸子就沉下了臉色。

「我睡了多久？」

「不長不短，一天時間。除了擦傷以外也沒什麼大礙，慶幸慶幸。」諾瓦爾指指她身上貼的像是補丁的包紮繃帶，「是說白火小妹子，妳有沒有感覺身體輕了點呀？」

「什麼意思？」

「唉唷，實在難以啟齒，妳也知道醫療界捐贈資源短缺嘛。」

「嗯……」

「人有兩顆腎。」

「嗯。」

「血和臟器始終不夠用，所以我就趁機借了點東西，以後有機會的話會再幫妳裝回去的。」

「……」白火以為是自己剛睡醒還在犯傻，花了幾秒時間才消化局長的話，「你、你說什麼？你到底做了什麼！」她驚恐之餘還不忘記扯了扯自己的五官，還好，眼珠子還健在。

「嘿嘿嘿——開玩笑的。」安赫爾自以為可愛的歪吐著舌頭，還比了一個啾咪的手勢，下場不用想也知道是差點被白火當煤炭燒掉。

安赫爾輕巧的閃過飛過來的火焰拳頭，「喂喂喂，剛起床不要這麼激動，況且局長我好歹也是個傷患啊。」

「啊？」白火這下才發現他有別於平日的白長袍，現在的安赫爾穿著類似是手術傷患的寬鬆衣服。

「被溫斯頓老頭養的傢伙轟了幾槍，真是痛死我了……啊，用不著緊張，妳的衣服是百里老師換的，還有我真的沒拿任何內臟，不信的話妳可以檢查身上有沒有刀口。」

這局長隔了一陣子不見，廢話還是一樣多。

「其他人去哪了？」

「妳父母沒事，管理局嘛……一言難盡，等等再跟妳解釋。」

安赫爾若有所思的看著窗簾掩蓋的落地窗，窗外光線有些朱紅，多半是黃昏時刻。

「至於妳最擔心的那位在隔壁房，快點過去吧。」

白火半張著嘴，發呆了幾秒才領悟到他在說什麼，「……小黑……」身體還不等腦筋反應就自個兒動了起來，她連向安赫爾道謝的閒暇也沒有就一股腦衝出房門。

後方隱約聽到安赫爾很沒轍的乾笑聲。

「諾瓦爾！」

白火連門也沒敲就直接撞開隔壁的房門，身體的傷口隱隱作痛，她仍然顫抖著身子走向諾瓦爾躺著的病床上。

諾瓦爾沒什外傷，臉色卻虛弱蒼白，甚至說是能看見皮膚下的血管也不為過。

或許是長期身為白火管家的血液再次被喚醒，諾瓦爾看見對方蘊含怒氣的走了過來，下意識坐起身，挺直背脊。

「……是的，小姐。」

「你這個——無可救藥的大白痴！」

這次的情緒遠遠超過前次恢復記憶，白火吐出怒火，僵硬著身體動也不動。哀傷與懊悔扭曲她的面容，慍怒的表情太過深刻，就算是吹捧也稱不上好看。

「笨蛋……大笨蛋！我根本沒有見過比你更傻的人了！」

她又罵了好幾次，與其說是遷怒諾瓦爾，倒不如是在責備自己。豆大的眼淚撲簌簌的掉了下來。

「我很笨，你不說，我不會知道的啊……」

當她回過神來時，自己早就攀住諾瓦爾冰冷的肩頸，像是嬰兒般啜泣了起來。

暮雨靠在旁邊的牆上，盯著兩人不說話。這次輪不到他插嘴，與平日稍微不同的冰霜面孔有點像是在看好戲。

「一直忘記你，真的很對不起……要是早點知道的話，我就不會、我就不會……我曾經還以為你想殺了我們……對不起……」

諾瓦爾先是躊躇了一下，而後充滿憐愛的回擁住白火，聽著對方的抽噎聲，他順了順她的背，動作輕柔的彷彿唯恐稍稍使力就會讓對方支離破碎。

「是呀，您之前還好幾次還想把我推下窗臺呢。」

「……」

「也有幾次想直接把我燒成灰。」

「……」

「但是您始終沒有這麼做，還把我最重要的照片還給了我。我很高興。」

「妳再不想起來，我都開始要可憐他了。」暮雨雙手交抱倚靠在牆上，難得補了個尾刀。

「你也學會調侃人啦。」

諾瓦爾苦笑了幾聲，聲音有些沙啞。他接著說——

「初次見面的時候、離別的時候、還有重逢的時候，都不是什麼值得紀念的溫馨場面……但是那些回憶早就深深的烙印在我的腦海裡，就算一時間忘了，終究還是會想起來的。」

「……」

「小姐也是，就算忘了，您不也像現在這樣想起我了嗎？所以，沒關係的。」

「但、但是你的身體……這些年來，你一個人……孤伶伶的待在那個地方……」

諾瓦爾又笑了，這次笑得哀憐，「其實，沒有想像中的那麼辛苦。」他以前明明不太愛笑的，或許是沉澱十幾年的情愫成為催化劑，如今光是一句話都足以融化他的心，笑容也變得真誠。

「和小姐及暮雨不同，我只是沒有力量的普通人，只能試著努力了。」反正失敗是死，猶豫也是死，當時的他索性放手一搏，「與小姐共度的時光絕無任何虛假，我原本也不打算插手干涉，想讓小姐平安的生活在過去。然而……我終究還是想再見您一面，請原諒我的自私。」

「你為什麼……都不告訴我呢……」

「說出來的話，小姐一定會哭的啊，我一直不擅長面對您的哭臉，像現在這樣。」諾瓦爾用指尖抹上白火眼眶的淚水，才剛剛從她的臉頰上拭去，新的眼淚又滾滾掉了出來，「您啊，從以前開始眼睛就和水龍頭一樣，一旦哭了就止不住。」

「停不下來，又不是……我自願的……」

他的比喻維妙維肖，真的就和水龍頭一樣，透過泉湧不絕的淚水晶滴，可以看到白火的瞳孔汪洋一片。

「您說的甚是，只要最後能露出笑容，那就足夠了。」

諾瓦爾深呼吸，柔和的垂下眼簾。當他呼一口氣時，就像是褪去多年沉澱於心中的雜質般，嘆息輕盈的瞬間化散在粉塵中。

「——歡迎回來，白火小姐。也歡迎回來，暮雨。」

「囉嗦。」聽起來就像是順便的一樣，暮雨冷哼一聲。

「對不起啊，以前還砍了你幾刀，情勢所逼嘛。」

暮雨又哼了一聲當作是回答，當初那刀真是夠痛的，他還以為自己的手臂會被那突然飛出來的紅髮貓眼砍斷。

「這樣一來……我們終於，又見面了。」再哭下去會給人造成困擾，白火吸了吸鼻子，粗魯的擦抹泛紅的眼睛，「你們兩個變化實在太大了，要是不說……我大概一輩子都認不出來。」

「十幾年來生長環境有所不同，性格總會改變的嘛。」諾瓦爾頗有言外之意的對著暮雨挑挑眉，「可不是嗎，暮雨？」

「囉嗦！」

一旁的白火忍不住笑了，鼻音聽起來有點滑稽。

「你也是，歡迎回來……諾瓦爾。」

諾瓦爾頷首，他沒有說話，但溫柔的笑容足以述說一切。

回來了——他腦中響徹著這句追尋長年的思念。

就算只是一點點也好，心中那段最珍貴的追憶漸漸在他心中重現蹤跡。

三人的重逢暫時劃下句點，門扇恰巧傳來敲門聲，諾瓦爾看了看兩人，確認許可後說道：「請進。」

房門被推開，穿著幹練的短髮女性走了進來，女性的容貌讓白火不免情緒複雜的垂下頭來，是沙利文。

沙利文換上了黑框眼鏡，透過鏡片，用淺灰色的眼珠子接連瀏覽了一下三人。

「我聽說你們回來了。」

剛才重逢的氛圍登時添了股嚴肅，白火有些尷尬的點頭表示敬意，「……媽媽。」

「我是白火的母親，但是……我並不是『妳』的母親。」不料，沙利文卻揮手制止了她。

白火先是愣了一下，眼神游移幾秒才慢慢頷首，「……嗯，我知道了，很抱歉。」

「無論如何，謝謝妳當時救了我一命。」

「別這麼說。」這次是白火做了否定，「我也是……我沒能救到那個時候的您和白隼先生。」

她的口氣太過沉重，即使沙利文不懂她在說什麼，也沒勇氣追問下去。

沙利文指指門口，示意大家移動到別的位置。

「不好意思，情勢所逼，沒辦法讓你們繼續敘舊了。到會議室集合吧，我們會解釋來龍去脈——在你們不在的這段時間，發生了不少事情。」

★※★◎★※★

多半是反映出當家喜好閑靜的性格，布瑟斯本家的大宅脫離市中心，位於第二星都某處的人造小島上，占地規模龐大的建築佇立在小島中。帶著海潮味的涼風拂進窗內，有股海洋度假村的氛圍。別墅不遠處還有著用來調度生活用品與商品的私人港口。

白火不在的這段期間，安赫爾帶著會合的局員們以及白隼夫婦前往本家避難，尋求本家的庇護。打著名門世家的響亮名聲，又是遠離都市中心的小島，ＡＥＦ暫時不會把攻勢擴展到此。

一行人聚集在本家內的某個偌大房間，液晶螢幕和充當白板的玻璃板掛在牆上，還有著足以容納十數人的會議桌椅，看來是類似會議室的地方。

電視螢幕正播放著即時新聞，盡是受到攻擊的街景和民眾喧鬧聲。

「白火、暮雨科長！」路卡一看見白火，就萬分激動的抓住她的手，「太好了，你們沒事……你們到底是遇到什麼鬼東西才會穿梭時空跑去未來玩啊！」重點是竟然還有辦法回來！運氣未免也太好了點。

事到如今路卡也選擇性忽視一起走進來的諾瓦爾了，聽局長說，那個紅髮貓眼好像是類似什麼臥底的特殊身分。

暮雨似乎已經懶得糾正對方別再叫他科長了。

「路卡，這段時間到底發生了什麼事？」白火問。

「局長會一起做說明，但是我忍不住了啦！你們不在的時候，特情部的溫斯頓突然殺進管理局，把所有人都關進了牢房裡，然後又透過媒體發出了什麼鬼威脅……現在街道都被轟了，到處是奇怪的機器人和AEF軍隊！」

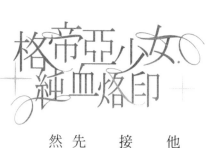

「剛剛收到消息，17區的住宅區好像淪陷了，一堆機器人闖了進去，傷亡情況不明。」該隱適時晃了晃手機，提供最新情報。明明大家被溫斯頓抓時隨身物品都被搶走了，真不知道手機是他從哪裡摸來的。

路卡發出尖叫：「別鬧了，我老家在那裡耶？！」他一把搶過該隱手裡的手機開始撥號：「喂，老爸，你們沒事吧？」房子炸爛了還可以修，但是人命不能開玩笑啊！

「乖孩子們，恭喜大家終於會合。報完平安就回位子上坐好啦。」

安赫爾見情勢差不多了，拍拍手要大家注意。成員都到齊了，關掉即時新聞之後，他開始解釋現況。

「先介紹一下新面孔，白氏夫婦，順便讓我們歡迎一下成功洗白的小忠喵，咳咳，接下來也需要各位的協助——總而言之，先來報告各自的狀況吧？」

這段時間內發生太多事情，必須根據時間順序將眾人的情報拼湊起來才行。暮雨率先開始起頭：「我和白火前往人造烙印研究所調查，途中被吸入了3005C.E.的未來，然後被諾瓦爾帶了回來。」

「同樣的，在這段時間，從溫斯頓老頭手中救下櫻草小妹子的我，展開了悲催的亡命之旅。」安赫爾接話，「然後遇到了沙利文女士，並和白隼博士取得聯繫。」

「在這之後，溫斯頓前來鎮壓管理局……這麼說來，正是局長通知了白隼博士，博士才有辦法來救我們……」聽到這裡，該隱將事件一一連結起來，「最後，大家就在布瑟斯本家集合了？」

「局長，你真的派人潛入特情部裡偷資料嗎？」路卡想起溫斯頓闖入管理局時，那位被丟出來、渾身是傷的武裝科同事。

「怎麼可能，我再怎麼陰險也不會派人做這種事。」安赫爾聳聳肩，那多半是被溫斯頓逮住、藉機栽贓的可憐蟲，真是辛苦那位夥伴了，「真要派人的話，也是叫我們家阿弟仔去，至少死不了。」

他說完這句話後，暮雨立刻瞪了他一眼當作是回應。

目前管理局的情報交換完畢，所有人接著把目光轉向諾瓦爾以及白隼夫婦。

「那麼，現在可以告訴咱們其餘的真相了吧？研究員夫婦。」百里醚起眼睛，接著看了諾瓦爾一眼，「咱稍微聽安赫爾說過了，未來究竟出了什麼事？」

白隼夫婦和諾瓦爾互看了彼此一眼，沉默了片刻。

「請讓我來說明吧。」最後，諾瓦爾回答。

徹底經歷過去、現在、未來的他，最有資格向大家解釋整件事情的來龍去脈。

「世界政府特情部部長溫斯頓·沃森長年下來私自策劃人體烙印實驗，公元三千年年底，於各個星都創造出規模巨大的時空裂縫，數個星都被裂縫吸了進去，死傷無數，是為『第三次黃昏災厄』。」

在紛亂期間，AEF成員梅菲斯殺了溫斯頓，篡奪權力，並屠殺大量烙印者，將社會劃分出嚴峻的階級制度。在那之後人口數銳減、物資匱乏、疾病與戰火四起，世界籠罩於黑暗之下。

3005C.E.，人造烙印的研究員白隼與沙利文為了保護自己的孩子，犯下了最不可饒恕的禁忌——他們將白火、暮雨、諾瓦爾送往其他時空。

傳送途中，儀器因流彈掃射而故障，三人分別被送往不同的時空，諾瓦爾獨自被送往了3010C.E.的未來，並自願投入人體實驗，成為人造烙印者。

3019C.E.，諾瓦爾將位於過去的白火重新帶回公元三千年，並與暮雨重逢，為的就是阻止第三次黃昏災厄的發生。

同時，由於三人的出現，公元三千年的正史似乎漸漸脫離原本的軌道，驗證了白隼所提到的平行世界理論。

諾瓦爾大致解釋完畢後，現場陷入一片寂靜。

「這麼說來，未來的我們都已經不在了嗎？」諾瓦爾道出的真相根本可謂是天馬行空，大可當作囈語一笑置之，路卡卻只感到頭皮發麻，「管理局，烙印者，人造星都……大家統統都消失了嗎？」

櫻草沉下臉色，沒有說話。

「我說，既然你們ＡＥＦ有創造出人造黑洞的能力，為什麼不一開始就回到過去把溫斯頓那老頭殺了？這樣比較省事吧？」雪莉雙手交抱，提出了相當實際的問題，「你是未來人，也沒有產生記憶錯亂，直接回到過去，趁溫斯頓或是ＡＥＦ的首領，那個叫做梅菲斯的傢伙不注意的時候殺了他們，不就解決了？」

趁溫斯頓年輕時就斬草除根，事後也不會產生人造烙印的禍害——然而強硬竄改過去之下，捱過人造烙印實驗的ＡＥＦ成員又會有何下場，雪莉倒是無法想像。這顯然會釀成時空悖論。

「……座標。」諾瓦爾突然說出這兩個字。

「座標？」

「進行烙印實驗時，每個實驗體都會被植入開啟人造裂縫的限制。必須找到目的地的座標，我們才有辦法開啟對應的時空裂縫。」

必定會有實驗體打著回到過去殺害溫斯頓的算盤，溫斯頓不是笨蛋，早在實驗階段就遏制了一切有害於自己的弊因。

諾瓦爾開始解釋：「首先是用來控制實驗體的大量精神藥物與體內晶片，再來就是開啟人造裂縫的『限制』，也就是座標。必須明確找出對方的座標，實驗體才有辦法開啟對應的黑洞。」

這些座標通常為人，而且是精神與肉體成熟的成年人。ＡＥＦ成員都是在青少年時期接受人體實驗，只要加上這項座標限制，實驗體就算能開啟時空裂縫，也無法回到過去扭轉自己的境遇。

身為黑幕的溫斯頓就別提了，打從實驗計畫開始，他的「座標」就被抹消掉一切蹤跡，怎樣也無法追尋。

「這就是我無法回到過去殺了溫斯頓的原因……因為我找不到。」諾瓦爾的聲音深沉而苦澀，「對我而言，小姐和暮雨身上的青金石就是座標的一種……因為有博士的青金石，我才有辦法能夠找到小姐。為了阻止黃昏災厄的發生，我才會將小姐帶來公元三千年……請原諒我的自私。」

「那麼，那個叫做梅菲斯的傢伙呢？如果在他成年後殺了他的話——」

「……」諾瓦爾看著提出疑問的雪莉，搖搖頭，或許是心中盤算著某些事情，沒再回話。

始終一直提到「殺」與「死」的雪莉這下也理解到這個爭論太過殘酷，她竟然把殺人這種事輕率的脫口而出，覺得不妥後也逕自閉上了嘴。

「對、對了，艾米爾人呢？聽說一部分的局員還被挾持在特情部……艾米爾他也是嗎？」白火趕緊轉了個話題，目前管理局的局員只有一部分逃脫出來，朔月重傷，荻深樹和芙蕾下落不明，情勢可謂雪上加霜。但是至今為止都沒人向她提到艾米爾的名字。

管理局的成員們面面相覷，尤其是路卡，聽到那位金髮少年的名字，臉色登時緊皺在一起。

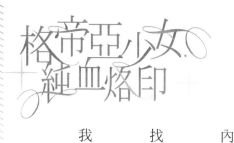

「……艾米爾．沃森，溫斯頓的養子。」緘默良久，路卡顫抖的吐露：「是他……對朔月開了槍。」

領悟到這個殘酷的真相，不只是白火，當時目睹艾米爾背叛的路卡一行人，心中好不容易壓下的絕望與抽離感又重新翻攪了上來。

白火心想：艾米爾私底下細細閱讀的信中文字，溫斯頓筆下的信件究竟有著怎樣的內容呢？她不得而知。

「……也沒有約書亞的消息。」

聽到這句話，這次是白火改變了神色。真相總是得告知眾人，她搖搖頭道：「不用找他了。」

「什麼意思？」

反覆的回憶讓她不自覺握緊拳頭，她深深吸了口氣，吐出壓抑的低沉聲音：「……我在未來遇到了梅菲斯。梅菲斯就是……約書亞。」

「等等，妳說約書亞他──」

這真相衝擊未免太過震撼，路卡等人說不出任何話來。

「難怪那時候會看到他晚上不知道在辦公室裡做什麼。」

倒是安赫爾不以為意，他正打算繼續說什麼時，門外待機的管家敲門走了進來，安赫爾點頭示意，暫時離席。

「所以你當初才叫我找出梅菲斯？」暮雨蹙眉看著諾瓦爾，拐了一大圈還真是大費周章。

溫斯頓先是策劃把暮雨拉下科長之職，讓梅菲斯潛入管理局竊取局內情報，順便從內部滲透力量。

管理局這次之所以這麼快就被攻陷，也是梅菲斯從中作梗。之前提到安赫爾命令局員去竊取特情部的資料，可能也是梅菲斯埋的手段。

「那個，現在外面……狀況如何？」看著氣氛不太妙，白火轉移了話題。然而她話才剛說出口就後悔了，狀況肯定不太好。

大家看著她不說話，然後不知道是誰打開電視，是新聞實況轉播。溫斯頓那和白隼年齡相仿，有些歲月痕跡仍不減斯文的臉龐馬上跳了出來。

「各位第三星都所有居民，我們是反伊格斯特武裝組織AEF，我名為溫斯頓．沃森。長年下來，時空裂縫帶來的大量異邦人與迷子嚴重干擾平衡，原生居民的生活領域遭受侵擾，異邦人與迷子的生存同樣無法受到保障，無能的管理局和世界政府也沒有帶來任何改善。我們AEF已忍無可忍，為了回歸秩序，這個社會需要新的領導人。警告管理局各大分局，我們已控制世界政府一部分支部，請一般居民們遵從軍隊指示行動，我們不會加害任何棄械投降的——」

「鬼話連篇！」雪莉朝螢幕比了個中指，用按爛遙控器的力道關掉電視。

「就是那個機器人！剛剛一路逃過來，車子還差點被那機器人轟掉！」路卡看到新聞轉播上的軍隊和灰鐵塊，就想到他們一路逃到宅邸的狼狽模樣。機器人不知道發射什麼鬼光束，打爆了車子的後車廂，受衝擊力的影響害他們當場來個不可抗力的甩尾，甚至差點翻車，「現在街上有一堆那種鬼東西在亂跑，大家沒事吧……」

路卡這時想到荻深樹之前說過AEF裡面有個生化人小鬼，該不會那群鐵塊都是那種等級的怪物吧？那還玩屁啊！

這時，中途離席的安赫爾回來了。

「不知道算不算是好消息，剛剛接到世界政府的請求支援。」原來他剛剛是去接電話，「說來也是，巢裡養了個亂世大魔王，出事情了當然第一個被宰掉。」

「世界政府打算和管理局聯手？」

「嗯。還有，我看你們也用不著逃了，白氏夫婦。」安赫爾看了白隼一眼，「溫斯頓老頭似乎不在意你們洩漏什麼人體實驗的情報了，他打算把證據全部轟掉的樣子，第五星都研究室所在的郊區剛剛被碾平了，實驗失敗的黑影怪也被放了出來。」也好，這樣比較痛快，說完後他自言自語的點點頭。

沙利文沉默了片刻，吐出不太有情感起伏的字句：「……那些黑影怪只會襲擊沒有影子的烙印者，一般攻擊不會奏效。」

白火想起災難後的未來，烙印者幾乎死絕，看來多數就是死於黑影怪，剩下的則是被梅菲斯給——

「我說，現在首要之事是阻止ＡＥＦ對吧？但是該怎麼辦才好？」路卡轉到腦袋打結也想不出對策，管理局被抄家了，世界政府也被攻陷，論兵力和人數也打不贏那群鐵塊，「而且，荻深樹他們也還沒救回來……」

安赫爾托腮一想，思慮縝密的他這下子也面臨困境了，乾脆向旁邊的人求救：「小忠喵是目前對黃昏災厄最有概念的人，你有什麼想法？」

諾瓦爾頷首，從眼神可以讀出他早就知道對方會這麼問了，「太陽能發電塔。」

「太陽能塔怎麼了嗎？」

「去除距離遙遠的地球和火星，五大星都各自有一座太陽能發電塔，設置在各星都中央的人造島嶼上。災厄發生的時候我年紀還小，可能記不太清楚了，只是……」不知怎的，諾瓦爾每說出一個字，神色就顯得更加遲疑，還出現了莫名的停頓，「災厄發生時，溫斯頓以各星都的太陽能塔為定點，利用——咳、咳咳！」

「……諾瓦爾？」

紅黑相混的濃稠血液自他的口中噴了出來，「咳！咳、咳咳……」諾瓦爾痛苦的抽氣，隨即又咳出腥臭的鮮血，血花穿過他摀住嘴的指縫，滲透到衣口，還有些許如雨點般飛濺到地板上。

「諾瓦爾！」白火接過他搖搖欲墜的身體，讓他橫倒在地上，「發生什麼事了？為什麼會突然——」

「咳咳……啊、啊啊啊……」

在他酒紅色髮絲的映襯下，赤黑色的鮮血暗沉的嚇人。

這一幕來得太過措手不及，白火除了緊握他的手以外無能為力，血液的溼黏感與恐懼混合，透過掌心襲擊了過來。

看慣這類場面的百里醫生只是吸一口氣，隨即穩住眾人：「叫人拿擔架過來，先讓這孩子歇著。」

她瞅了安赫爾一眼，後者立刻衝出去請管家準備急救措施。

「小、姐……我……」

「請借過一下。」同樣具有相關知識，負責執行實驗手術的白隼單膝跪下，先是瞄了眼諾瓦爾脖子上的人造烙印，接著褪去諾瓦爾的手套，露出他手腕上發黑到詭異的瘀血，「……是黑紋病。」

「黑紋病？」

白隼面色凝重的頷首，「人造烙印者頻繁打開時空裂縫，身體受到烙印侵蝕所產生的病變，會導致組織潰爛及壞死，一般而言實驗體——」他語氣頓了一下，重新改變了說法：「我的意思是，手術成功後，我們會定期注射藥物來控制病毒，盡可能阻止黑紋病的惡化。當然，這只是拖延病情而已，人造烙印者或遲或早都會死於黑紋病。」

暮雨掃了諾瓦爾的右手腕一眼，是之前好幾次看過的瘀青痕跡。這顯然不是一般的外傷。

「……之前AEF的成員有提到，諾瓦爾似乎沒有被注射藥物的跡象。」暮雨回想起當初潛入人造烙印研究所時，陸昂所說過的話——諾瓦爾不知怎的和其他的實驗體不同，沒有被植入追蹤器，也沒有受到藥物控制。現在他有自信推論了，諾瓦爾有可能是實驗成功後利用人造烙印逃到了別的時空，躲避藥物注射和精神控制。

白隼聽了這番話，疑惑的皺起眉頭。

「這不合理，諾瓦爾就算沒有藥物控制應該也不會有事才對……因為按照你們所說的未來，他那時候應該戴著石頭才對。」

「石頭？您是說這個？」暮雨將自己脖子上的項鍊從領口內拿了出來。

「沒錯，青金石是我私底下瞞著AEF所做的研究，效用有兩個：一是可以創造出僅僅一次的時空裂縫，好讓你們遇到危險可以逃脫；二是用來抑止黑紋病的病變，你們如果被迫進行實驗，青金石也能夠保護你們。」

諾瓦爾是極度愛惜事物的人，絕對不會讓青金石脫離自己身邊，既然石頭還在他身上，為什麼又會出現病變？

白隼解開諾瓦爾脖子的襯衫釦子，諾瓦爾頸部的蛇紋刺青散發著極為詭譎的黑光，瘀青和黑青色的血痕以刺青為中心，呈現荊棘狀朝肩膀和右手臂延伸，甚至嚴重到右手腕已經浮著潰爛狀態的血印。

情況不尋常，是長期未服藥下產生的細胞壞死症狀。白隼這時才發覺，諾瓦爾脖子上什麼也沒有掛著，看不到青色的石頭。

「諾瓦爾的青金石……在我身上。」

至今為止閉口不語的白火吐出嗚咽般的囁嚅聲。

「來到公元三千年時，我的石頭弄丟了，怎麼找都找不到……所以諾瓦爾把自己脖子上的青金石……給了我……」

「妳說什麼……」

「所以……又是我害的，又是因為我……大家都是因為我，為什麼、總是……」

處於足以焚身的燠熱之中，幾滴溫熱的水珠滴到諾瓦爾的臉頰上，他直覺是——下雨了。

他苦撐著沉重的眼皮，視線重新聚焦，才勉強看見將他護在懷裡的，白火的哭臉。

那一剎那，正在燒灼肺腔的熱能、以及手臂和頸部傳來的傷痛都如麻痺般讓他渾然不覺，因為一股遠大過於此的痛楚正重擊他的心臟。

他用沾滿血的手欲抓住白火的手臂，「小姐、不要……不是的——」

「我受夠了，為什麼總是我……為什麼只有我非得遇到這種事不可！」

「小姐！」

諾瓦爾虛弱的身子太過無力，怎樣也抓不住，白火像是天上的雲朵似的，看似有形實則虛無，一溜煙的脫離了他的指間。

白火鬆開了他的身體，帶著激動高聲的哭喊，頭也不回的衝出會議室。

「白火，外面很危險啊！」路卡沒多想就打算追上去，肩膀卻被人抓住，他回頭一看，暮雨鐵青著臉。

「留下來，我過去。」暮雨側睨了他一眼。離去前，他將自己頸上的項鍊扯下來，塞到諾瓦爾手裡。

諾瓦爾的聲音氣若游絲，卻仍清楚傳達著幾個字：「……不是小姐，的錯……」

「我知道。」他點點頭，然後衝出門外。

## 06. 梅菲斯與沃森

「咚」一聲，艾米爾就像是被砸上牆的皮球般，背脊撞上硬邦邦的水泥牆。覆蓋著脊椎的肉身畢竟和橡皮不同，身體缺乏彈力的落了下來，他悶哼一聲跪在地上。

「那隻龍要是沒除掉會很棘手呀，你怎麼會放過他？」

嘴角滲著若有似無的血漬，他垂下頭，張開嘴說話時，血腥味充斥口腔：「……非常抱歉，父親。」

「日久生情這四個字可真不錯，你該不會是和伊格斯特相處久了，下不了手吧？」

「……」

「下不為例，艾米爾，我當初帶你回來可不是為了幫你善後。感情這種東西，儘早丟掉吧。」

溫斯頓揮揮剛才拽住艾米爾衣領的手，白手套上沾著血，他藍色的眼珠子掃了自己的養子一眼，不留戀的移開視線。

法定血親關係的兩人站在一起完全無法讓人聯想到父子，然而只有那對瞳孔，和艾米爾一樣湛藍的透澈。

此刻，ＡＥＦ的初期成員們零星的站在辦公室內，房間內的電視沒關，新聞實況轉播的槍炮聲傳了過來。

房內的成員沒人有動靜，只有榭絲卡，她走到艾米爾身旁將他攙扶起來。艾米爾接過她的手，低聲說了句謝謝，聲音馬上被新聞轉播蓋了過去。

溫斯頓環顧四周，時機成熟，如今攻下了世界政府，也大破管理局，達成目標只是遲早的事。他側睨了身旁的青年一眼，「這趟旅程如何？」

梅菲斯垂下眼瞼，和髮絲相仿的白金色睫毛蓋過了赤色的眼睛。感覺到有人盯著自己說話，他輕嘆了一口氣，「我非常喜歡，感覺……就像是做了個美夢一樣。」

「回來了也好，夢總是該醒的。」溫斯頓換了個話題：「軍隊的效率挺不錯，照這步調來看，攻下太陽能塔也不是問題，時機一到就把各單位送到各個星都吧。」

「我知道了。」

「至於諾瓦爾那隻貓……就讓你去應付吧。」他看了眼站在最遠處、倚靠在牆上的長辮子青年一眼。

陸昂對上他的眼神，不滿的啐了一口：「用不著你說我也打算這麼做。」一想到那流浪貓曾經是老子的搭檔，喉嚨一股酸意都竄了上來，噁心。」

溫斯頓老早就感覺到那名有著琥珀色眼瞳的青年有蹊蹺，但在軍中起碼還算有些戰力，因此至今為止都給他最低的權限行事。現在這流浪貓跑了，倒也稱不上什麼損失。反正就算諾瓦爾真的成功脫逃，人造裂縫長期累積下來的毒素必定也會加深黑紋病的病況，他終究不會有好下場。

不單單是諾瓦爾，AEF的所有人都一樣。打從一開始就是如此，誰也逃不掉。所以他絲毫不必在乎成員們的態度，是憎惡，是絕望，都不會帶給他絲毫影響。

「那麼就按照計畫實行，解散吧。」

溫斯頓語畢，頭也不回的走出房間大門。身後的尼歐始終保持著一定距離跟在他身後，與他同行離開了。

會議勉強算是結束後，陸昂又是冷哼一聲：「盡是些讓人想吐的傢伙。」他一甩腦後的長辮子，面帶怒容的離開了。仔細一看，寬鬆的長袍衣袖中，手腕似乎滋蔓了一圈和諾瓦爾相似的黑色瘀青。

平時嘻皮笑臉的陸昂自從在人造烙印研究所徹底揪出諾瓦爾是叛徒後，心情一直處於氣急敗壞的狀態，細長的鳳眸平常總帶著戲謔，如今卻憤怒的散發出血光。

榭絲卡看著離去的他，不太清楚陸昂臨走前所說的「噁心的傢伙」是誰，可能是指整個世界吧。說來也沒錯，真是個讓人想吐的世界，「那麼，我也先離開了。」她行了個禮走了出去。

偌大的空間登時只剩下兩人，梅菲斯有些遲疑的將手帕遞了出去，「沒事吧？」

「謝謝您，約書亞先生。」

梅菲斯搖搖頭，「我已經不用那名字了。」

「……對不起，下次我會注意的。梅菲斯先生。」

艾米爾接過手帕，但是並沒有抹向自己帶血的嘴角，畢竟髒了人家的東西可不成禮儀。何況就算擦乾了血，傷口和疤痕也不會痊癒。

「艾米爾，你不後悔嗎？和我不同，管理局的各位確實是你的同伴。」

梅菲斯丟來了預料之內的問題，艾米爾苦笑著搖搖頭，「明知父親逐漸脫離正軌卻仍然跟隨他，這樣的我只是個共犯而已，我沒有回頭的資格。」

話題就這樣結束了，兩人沉默了許久，空間內只剩下電視新聞的報導聲響。

在這個空間裡，他們都是遭受囚禁的棋子。

兩人都沒有離開，而是眼神失焦的盯著遠方的牆上。

「我啊，一直覺得這世界醜陋的讓人作嘔。」驀地，梅菲斯這麼說道。

偏高而細緻的柔和嗓音，似乎添了股微乎其微的瘋狂。

「我們莫名其妙的被帶來這裡，跟家畜一樣毫無尊嚴，丟了性命是理所當然，就算拚死活下去，一輩子也無法脫離牢籠……這種蠻橫無理的地方，毀掉了也不足為惜。」

「梅菲斯先生？」

「打從一開始我就很清楚了，沒有人能逃離，誰也無法辦得到。」

那股狂氣像是銀針一樣，不偏不倚刺入艾米爾的鼓膜中。梅菲斯的聲音聽來溫順細緻，卻讓他不由自主發顫了起來，僅僅是一瞬間，他竟然覺得外貌如天使般讓人自慚形穢的溫柔青年，卻令人打從心底恐懼著。

然而，比起發麻的恐怖感，另一股情緒更盤旋在艾米爾的腦海中——朔月和路卡的聲音就像是惡夢一樣，無論他怎麼想撇下，仍會抓住他的腳踝不放。

「……梅菲斯先生，可以答應我一個請求嗎？只要這次就好。」於是，他提出最後的願望，「我想要，去一個地方。」

★※★◎★※★

兩人避開耳目，乘著私人直升機來到了第二星都的某個人造島嶼附近。為了不暴露行蹤，當然收買了直升機駕駛員。

沿路而來，機械兵與軍隊的戰火四起，明明是夜色高掛，窗外的景色卻通紅的像是暮靄。梅菲斯從直升機的降梯上跳了下來，小島位置偏僻，紛亂尚未波及到此，儼然像是個世外桃源。

「真沒想到布瑟斯本家會蓋在這種地方。」他看了看四周，占地真廣。

夜晚的私人港口傳來陣陣海潮聲，道路兩旁的零星路燈照亮了貨物鐵櫃和船艙，以及青黑色海浪上漂浮的些許泡沫。

「不愧是共事多年的好夥伴，連局長他們會逃到哪都一清二楚。」

「也只剩這裡了，除此之外我想不到其他地方。」艾米爾的聲音格外低沉，「局長他曾經帶我來到本家過，所以我知道地點。」

「我知道，我不會說出去的。探望傷勢還是訴苦，你想做什麼就去做吧。」

畢竟，無論如何都是最後一次了。

「感激不盡，梅菲斯先生。」艾米爾投以一個虛弱而寂寥的微笑，頓了頓，諷刺的輕哼了一聲：「我說不定……就是為了再次來到這裡，才沒奪走朔月的性命吧。」

不只是朔月，還有路卡，他當初明明可以一槍在兩人胸口開個孔，但身體本能卻不允許他這麼做。現在僥倖逃過死劫的兩人成了他再次踏上布瑟斯本家的理由，還真是可笑到了極點。

私人港口沒有人聲氣息，只有監視系統和警備，艾米爾和梅菲斯謹慎的躲過監視系統，正當兩人穿越港口某區地帶時，一陣冷涼到過分的海風吹拂了過來。

那陣寒到骨髓裡的風就像是蠟燭的燭芯一樣，點燃了引信。艾米爾的金髮被吹得散亂，他下意識轉動視線，不敢置信的瞪大雙眼。

「那是——」

白火正孤伶伶的站在岸邊。

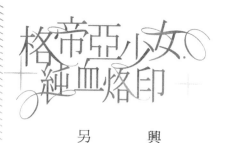

白火獨自站在岸前，任憑海風吹亂髮絲，身形融入黑夜。

那抹背影寂寥過頭，就算只能看見如瀑長髮的背影，卻讓旁觀者沒來由的覺得——這個女孩就像在哭泣一樣。

無法看見白火的正臉，卻能單單透過身影，便深刻的想像出對方眼神之空洞，沒有嗚咽聲，一滴眼淚也沒留，內心卻已經哭得椎心泣血。

艾米爾看見那抹人影不禁斂起眼神，屏住呼吸。

當他回過神來時，發現聲音早就情不自禁的從脣齒中流了出來：「白火小姐……」

「……」

白火僅是回頭用眼角瞅了遠處的兩人一眼，悶不吭聲，甚至連眼皮也沒撐大，只是興趣缺缺的別過了視線，繼續凝望著漆黑而沉著的大海。

「白火小姐，我——」

「追到這裡來，還真不死心。」白火這下終於轉身了，眼神像是受到牽引般，停在另一位青年的臉上，「……你是，梅菲斯。」

「看來你猜對了呢，管理局的大家真的在這裡。」梅菲斯拍拍艾米爾的肩膀，口氣輕鬆的像是在閒話家常：「在那之後過得如何？白火。」

「……你是……梅菲斯。」

白火像是答錄機般不斷重複呢喃這個名字，斷斷續續的，聲音低啞。

幾次下來後，她不說話了。

那副神情冷漠的讓人聯想到絕望，簡直比港口裡的海水還要冰冷苦澀。

「……白火小姐，我不求你們原諒我的所作所為，但是，打從一開始……我就沒有退路了。」或許是緊張，或許是自責，艾米爾的呼吸急促了起來，「父親有說過，只要投降的話他就會馬上停止攻擊，如此一來我們也不用成為敵人了，所以——」

「隨便你們。」白火打斷他的話，口氣冷靜的駭人，「要毀滅世界還是大屠殺，統統隨你們高興，不關我的事。」

「……我不想和妳為敵，若是妳願意跟我們走的話——」

「你覺得有可能嗎？既然下場只有一種，我去哪都一樣。」

她眼睛微睜成一條線，月光寂寥的打在眼瞼上。

「要是嫌我礙事的話就開槍吧。」

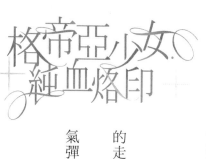

光影之中，她那張像是哭泣的臉，竟又有幾分笑得愜意的錯覺。是喜是悲，所有情感都被浪濤聲捲了過去。

——反正怎樣都好，像這樣的世界……

她反覆對自己說道。

情感化為最小分子，流竄到血管的每一處。

又一陣海風吹了過來，夾帶著海潮味與浪濤，海浪拍打出白色泡沫的同時，槍響聲貫穿白火的腦門。

緊接著是撕裂肌肉組織的疼痛，她感覺到有股力量狠狠打上她的肩膀。

昏暗之中，艾米爾顫抖著握緊手槍，對準她的槍口飄出裊裊白煙。

意識到這個場面的當下，白火就算無法正常思考也本能的明白了——啊啊，這人真的走遠了啊。

並不是足以刺穿肉身的真槍實彈，而是和初次見面時相同的——打入她腦袋裡的空氣彈。

那個溫柔的令人疼惜、總是為他人落淚的善良少年，真的早已遠離他們，背道而馳到陰影的另一端了呀。

槍擊的衝擊力使白火身體向後仰，後方的浪濤像是黑洞一樣張開血盆大口，捲著海水，把她連帶著一起吞了進去。

白火的身體像是離岸的船一樣，離艾米爾越來越遠。

「……已經夠了，我受夠了啊……」

不只是艾米爾，諾瓦爾也是，爸爸媽媽也是，約書亞也一樣，大家絲毫不顧她的意願，從頭到尾把她耍得團團轉。

因為大家的自私，她就像是縫滿補丁的破抹布一樣，受了多少傷都會被縫補起來，不管摔了幾次跤，都會被強制抓起來繼續向前跑。

「又不是我自願來到這裡的，未來什麼的……本來就不關我的事……」

要是當初直接死在梅菲斯手上就好了。不然待在過去的臺灣，一輩子也不要恢復記憶，苟延殘喘下去也好，這樣根本輕鬆幾百倍。

都是諾瓦爾害的，要不是他，她現在也不用待在這個鬼地方。

白火繼續往下墜，落下，不斷的落下。

她發狂般的把所有東西狠狠詛咒進去，憤怒、哀傷、痛苦，對著這蠻橫無理的世界統統詛咒下去。

然而，一想起對她扣下扳機、用冒煙的槍口指著她的艾米爾，腦袋裡的影像就像是被倒帶似的——白隼、沙利文、暮雨和諾瓦爾、甚至是約書亞，好多好多人的臉孔依序浮現在眼前，怎樣都無法褪去。

望著那些人的臉，胸口傳來足以讓她眼角酸澀的疼痛。

她放開所有掙扎，重心往後仰，如秋天的枯葉般落下夜空。

距離海面僅剩不到咫尺。

「我好累。我已經……什麼也不想管了……」

落下，不斷的落下，她像是懸崖邊的碎石般，冷風一吹，越過崖邊，繼續拉近與海面的距離，只剩下些微差距，她就會完全投入深海的懷抱。

向下墜落的速度相當不可思議，快速，卻又緩慢。

白火彷彿漆黑的流星般不斷墜落。

猛地，肩膀明明還沒沾上海水，卻有股冷到骨髓的寒澈襲上每條神經，她發凍得身體痙攣。

「——誰准妳死在這裡的？」

身體像是被釘上圖釘的紙片一樣，「咚」的定格在海面上，她還沒反應過來，只發覺腳下竟然踩著黑潮般的海面——她踏在海上，正確而言，她踏在化為固體的海水上。

就在她以為即將落入深海的當下，海面化為浮冰形成的絨毯阻止她的墜落。背脊與冰面碰撞，白火發出一聲悶哼。

遠超越海水，連腦隨也為之麻痺的寒冷感透過腳底板竄了上來，鼻腔裡的空氣刺痛的宛如針扎。會意到這股冷意的同時，白火昂起頭，竟然有一名青年正抓著她的肩膀，把她壓在原地。

「我說過了吧？不是妳的錯。」

然後，「啪」一聲，火辣辣的巴掌聲震得耳膜嗡嗡作響。

她分神了幾秒才體會到——自己被打了一記耳光。

「不是妳的錯，但是——正因為妳是白火，無論如何，妳都必須向前走才行。」

夜色與低溫下，那名青年的身影熟悉得讓人心頭為之發顫，是暮雨。

「打從妳出生在白家，作為白火的那一瞬間，妳就已經沒有資格回頭了。就算妳想逃，我也會把妳抓回來。」

理解到那是暮雨的瞬間，白火的身體像是著了魔一樣，不由自主的暴動起來，試圖甩開對方的手，並且尖叫哭喊：「放手！我、我已經——已經夠了，我不要！」

「不要停下腳步，踩著屍體繼續前進。不是為了我們，而是為了妳自己。為此，我會竭盡所能的陪伴在妳身旁。」

「我、已經……受夠了啊啊啊啊……」

不管怎樣掙脫，暮雨的手仍然像是枷鎖般牢牢纏住她，她身體一倒，膝蓋跪在化為冰面的海上，哭噎著不清楚的字句。

暮雨悄悄鬆開手，冷冷的，無聲而慍怒的瞪向港口岸邊的兩道人影。

海面結冰前溢出了些許浪花，濺上髮絲的海水晶滴在月光下微微閃爍，又添了幾股寒氣。

艾米爾警戒的退了幾步，「……暮雨先生。」

「你明知道溫斯頓有問題，為什麼還要替他行事？」

「無論如何，對身為迷子的我伸出援手的人是父親……打從那時以來我這條命就已屬於他，無關意願，我只是盡本分而已。」

「……盡是些狗屁不通的鬼道理。」低吼的同時，暮雨腳一蹬跳離海面，手中拉出一道銀白色細線，逼近艾米爾的同時，他手一揮，銳利到反射月光的鐮刀刀刃劃過對方的鼻心，拉出一道血痕。

沒成功砍到對方是因為有人攪局——至今為止飾演旁觀者的梅菲斯總算擋在艾米爾前面，照常是一貫的溫和笑容。

「許久不見，前任科長。」梅菲斯的笑容根本不合時宜，「感謝你當初離開時留下了命令，武裝科科員再怎麼警戒，對我還算友善。多虧於此，我也能方便行事。」

「我要是知道你是梅菲斯本人，早就當場宰了你。」

「你不會的。認識的時間雖然不長，但我也摸清你的性格了，隱藏在冰霜下的溫柔之人。」梅菲斯彎了彎赤色瞳眸，嗓音獨特清透，「就像是你明知道艾米爾是溫斯頓的養子，不也沒對他動手嗎？諾瓦爾也是，你甚至饒了他一命。」

暮雨大概是受夠了這種對話，沒有搭理他，而是嫌麻煩的瞟了眼身後的大海，對那倒在結冰層上的白火又說了一次：「站起來。」

——我會陪在妳的身邊。

他那祖母綠的眼瞳堅定的傳達著。

「不要認輸，妳並沒有想像中的這麼弱小吧？」

白火沒有回話，狂風一吹，臉頰上形成兩道慘不忍睹的淚痕。原本想說些什麼的，然而——她眼神越過暮雨，看見最遠方的梅菲斯有了動靜，「……小、小心！」

梅菲斯像是默劇演員一樣，纖細的手抓了一把空氣，往後一拉。

同一瞬間，頭頂上傳來有別於海浪的悉窣聲響，某種機械繩索斷裂的金屬音從上方砸了下來，筆直的朝暮雨頭頂落下。

是起重機吊起的貨運鐵櫃。

為什麼吊起來的鐵櫃會平白無故的落下來？

白火對上梅菲斯赤紅色的眼神，冷不防想起來了。梅菲斯衣服布料下的胸口隱約透出白色的烙印光芒，他剛才抓住的才不是什麼空氣——是貨運鐵櫃的影子。身為純種的梅菲斯，擁有控制影子的能力。

「……嘖！」暮雨反射性跳了開來，幾乎在他側身的下一瞬間，兩公尺高的方形貨櫃斷了支撐，重力加速度砸了下來，摔落成了破銅爛鐵。支離瓦解的貨櫃有幾片碎鐵摔上海面，結冰的海水登時崩出裂痕，暮雨回頭大吼：「離開海上，白火！」

「——總算抓到你了，暮雨。」

迅雷不及掩耳的，暮雨被掐住了脖子，對上了梅菲斯赤色鮮豔的瞳眸。

「與管理局共度的日子，美麗虛幻的就像是夢境一樣，我相當開心——但是夢境總是得醒的。」

「你想做什——呃、啊……啊啊啊啊啊！」

對上那紅色眼瞳的剎那，從未聽聞的痛苦嘶吼從暮雨口中爆發出來。

那是……不會錯的，他清清楚楚的看見了——

梅菲斯的眼珠子裡浮出了某樣東西，黑色的蛇紋刺青，是烙印。

梅菲斯的瞳孔裡，有著人造格帝亞的烙印。

「暮雨！」白火倒吸一口氣，跳離如鏡面般粉碎的結冰大海，「那是、什麼——」

儘管視界被淚水逼得模糊不堪，但她仍目睹得一清二楚。

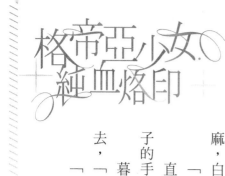

暮雨手中的鐮刀彷彿粒子般瓦解風化，他手腕上的烙印竟然一點一滴的被吸附到梅菲斯身上。

不單如此，熒煌月光下，被扼住脖子高舉騰空的暮雨，腳下竟然漸漸凝聚出黑影。身為烙印者，打從誕生到世上的那一刻起就不曾擁有影子的暮雨，如今影子竟然回到了他的身旁。

烙印消失，不過短短數秒。

然而眼前的景象卻像是被人刻意放慢速度一樣，每一分毫的細節都清楚的讓大腦發麻，白火不敢置信的發出悲鳴，「影子回來了，烙印被……吃掉了……？」

「我是零號梅菲斯。稀有的純種素材，也是首位實驗成功的人造純種烙印者。」直到暮雨的烙印完全轉移到他的手腕上，梅菲斯揚起嘴角，滿意的鬆開掐住暮雨脖子的手。

暮雨像是斷線的人偶被甩到地面上，此時的他虛弱不已，用僅存的意志狠狠瞪了回去，「你這，傢伙……」

「我身上擁有兩個純種烙印。一個白火以前見識過了，操控影子，然而對你們烙印者而言起不了作用就是。」

梅菲斯轉了轉手腕，端詳著手上接收而來的新烙印，看來還不錯嘛，他又吟吟笑了幾聲。

「另一個是『掠奪』，我啊——能夠奪取他人的烙印。」

而後他手一揮，銀白色的光芒自手腕綻放而開，光芒起初為一點，接著拉長為一條線，朝兩邊暈開，化為細長形體。

最後，他挑釁的轉動手中的長柄，暮雨的烙印鐮刀就像是玩具般在他手中起舞，半月形的鐮刀刀刃滑出個弧，尖端對準倒在地上的暮雨額間。

梅菲斯的立足之地諷刺的揚起一陣有別於大海的低溫冷風。

「暮雨，你也是因為我才會被奪去科長的職位，我沒打算取你的性命。」

他的神情奇妙的難以言喻，悠散、傲慢、瘋狂而悲傷。不計其數的複雜情感凝聚在梅菲斯身上，最終成為了一抹極為複雜的笑容。

「那麼先失陪了……希望這次是最後一次見到兩位。」

——我就不說再見了。

梅菲斯傾低身子行禮，而後徐徐的和艾米爾一起消失在黑夜裡。

★※★◎★※★

諾瓦爾緩緩張開雙眼，當他稍微集中意識後，發現屋內一片漆黑，透過窗簾看著窗外，又是夜晚。

他記得自己暈倒後，斷斷續續醒了幾次，每次甦醒時都感覺不到陽光的溫暖。

「你又睡了兩天，諾瓦爾。」

同樣的，每次醒來時，白隼總會伴隨著黑夜待在他身旁。

有時候是沙利文，或是暮雨也會露臉，管理局的其他人似乎也來過。長期昏睡下，諾瓦爾分不太清楚虛實，唯有一點他能確信的是，已經好久好久沒有看到白火的臉了。

「小姐呢？」

「白火她……還是關在房間裡不出來。」

「……這樣啊。」

窗外傳出「轟隆」一聲，像是有什麼東西炸裂了。

「這幾天，特情部的人似乎找到了方位。」白隼的口氣淡然的不像當事人，諾瓦爾短路的腦袋思忖了片刻，才聽懂他在說什麼。

他坐起身，背部靠在枕頭上，調整姿勢的時候總感覺手有些緊繃，原來是纏滿了繃帶，依稀可以從繃帶的縫隙中瞥見滲出的黑紫色血液。

頸子上的烙印依舊閃爍著詭譎的黑光，唯一慶幸的是光芒比起之前減弱了許多。

諾瓦爾也感覺到脖子上掛著的青金石，是暮雨給的東西。

「這幾天已經控制住病情了，你會好轉的，諾瓦爾。」白隼知道他在想什麼，如此說道。

「我明白。」他露出虛弱的笑容，「會好轉，但是不會痊癒，對吧。」

白隼沒有回話。

兩人都相當清楚黑紋病不可能根治，最多只能與病情共存終生。

追溯到從前，他本來就該在小時候死於孤兒院了，如今罹患了黑紋病，卻又死裡逃生，諾瓦爾沒有絕望，反而有種撿到便宜的感覺，他不禁失聲笑了出來。

難怪其他人會說他像貓一樣，俗話說貓有九條命啊，他也活得夠久了。

「老爺，我總覺得……這段時間就像是夢一樣，我做了個好長好長的夢。」

他闔上眼睛，閉上顯眼的蜂蜜色眼眸後，些微凹陷的眼窩一下子凸顯了出來。

「夢裡有您、有夫人、有暮雨……當然還有小姐。然後各位一個個離我而去，離別前，小姐抓著我的手叫我別走，我終究還是鬆開了她的手——即便如此，只要回想起那些夢境，我仍然感到相當幸福。」

「那些不是夢，是貨真價實的回憶啊。」

「當您說我像您的兒子白夜時，我真的非常高興，就算是替代品也無所謂。直到現在，這份喜悅仍然沒有一絲虛假。」

諾瓦爾深深吸口氣。

「正因如此，我才更必須告訴您。」

「……諾瓦爾？」

「我思考過各種改變過去的方法……如今只剩兩個辦法避免第三次黃昏災厄，一是說服梅菲斯，但是這顯然不可行。因此只能採用另一個方法。」

他用盡僅有的力氣，堅定的直直對上白隼的瞳孔。

「——回到過去，殺了梅菲斯吧。」

《格帝亞少女～純血烙印05青金石的悖論》完

# 番外 青金石的追思曲

2987C.E.——

一場猶似綿綿細雪的雨點降臨了布瑟斯本家。

初次見到「那孩子」時，安赫爾本能的閃過這個想法：就像是霜一樣。看不見笑容，靈魂和情感彷彿被抽乾，血液和熱度無法傳導至四肢，冰冷僵硬穿透了肌膚，甚至滲進了每一寸骨髓裡——這股冰冷的氣壓遠遠超越了雪與冰，而是成為長年累積下來的霜一樣，隱藏在那孩子的心靈底層。

看著那孩子絲綢般的深藍色柔順短髮、白嫩到隱約浮現出青色血管的肌膚、細長的睫毛，以及猶如精巧刀匠一刻一鏤雕出的清秀五官——比起讓人自慚形穢，更想不禁感嘆那是一座細膩過了頭，讓人唇齒發寒的冰雕。

那孩子悄悄的闖入安赫爾的世界裡，無聲無息，不帶任何欲望與渴求，卻令人無法忽視的在安赫爾的立足之地凝結了一層永不融化的冰。

「你叫做什麼名字？」

「暮雨。」

面對著安赫爾夾帶著好奇與警戒的疑問，那孩子僅是稍稍用祖母綠般的眼瞳朝他一瞥，淡漠的道出了自己的姓名。

從今天起，他的名字就是——暮雨．布瑟斯。

「……你不需要在意我。」

「啊？」

「我不會妨礙到你的地位，所以……你也不需要留心於我。」

暮雨在他打算說些什麼時就搶先這麼說道，嬌小的身形以及遠超過這個年齡該有的鎮靜與冷澈，如一縷薄冰般將他團團包裹住。而暮雨就和那層無法剝離的冰霜一起，自安赫爾眼前離去。

★※★◎★※★

「——我討厭那傢伙。」

夏日的積狀雲一簇一簇凝聚在湛藍天空上，安赫爾貼在別墅三樓的露天陽臺上，百般無聊的撐著下巴數著雲朵的數量。

今日也是一如往常的豔陽天，即便躲在露天陽臺的遮陰下，光是稍微曬到一點點的陽光，家族遺傳的白皙皮膚就傳來火烤般的熾熱。

脫離本家，從小定居在海邊別墅的安赫爾每到了夏天總是不禁埋怨：明明是人造星球和人造海，當初設計時就不能再更貼近人性一點嗎？這種幾乎可說是能令人體自焚的高溫讓他絲毫沒有學習的心情，活像一灘死水貼在石柱上。

尤其是盯著那某天突然闖入他生活圈的深藍色身影，那個活像是人偶的孤兒，他非但沒有感受到對方身上傳來的特有低溫，反而因煩躁感又升了幾度不耐。

「少爺，您怎麼又說這種話？」從小就負責打理安赫爾起居的貼身管家，今日也苦口婆心叮嚀：「老爺吩咐過了，您現在可是兄長，這種言行舉止是無法成為榜樣的。」

「又沒血緣，誰是那種路邊撿來的冰雕的哥哥啊！」安赫爾又不屑冷哼了聲，「一副目中無人的態度，不過只是被買來的東西！」

聽他這番帶刺的發言，管家也摸摸鼻子閉上嘴，畢竟是受雇之身，不敢再繼續勸言下去了。

其實安赫爾辛辣的話語一點也沒錯，那個名為暮雨的孩子確實是被布瑟斯「買」下來的孤兒。

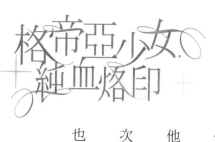

第二星都的布瑟斯財團事業範疇廣大，同時也是自格帝亞病毒出現以來歷史悠久的純血種血脈。本家長年來維持著格帝亞烙印的純淨血緣，靠著長年穩固的自傲血統與經商天賦，在各界都頗有盛名。

布瑟斯本家重視家族的威望與成果、維持純血種的聯姻、領養優秀的子弟，付出重本培養人才等等都不是奇事，然而如此貴族豪門竟然會「買」下一個時空迷子的孤兒，何況還是非純血的一般烙印者，讓本家的安赫爾想破頭也得不到答案。

安赫爾是本家的么子，與上頭的兄姊年紀相差甚遠，繼承家業這件事這輩子多半與他無緣。

的確如此，從小他就脫離本家，定居在家族的某個海邊別墅裡，一年中見到家人的次數屈指可數，伴在身旁的老管家反倒還比較像是自己的爺爺。

無論再怎樣優秀，么子仍不具有價值，即便安赫爾今年只有十三歲，他年幼的腦袋也明白這清晰而殘酷的道理，並且沒有反抗的打算。

不需要任何付出——應該說即便努力上進也不會有人對他回首一望，生來就享有無盡的名聲，生活悠然自得，誰會排斥這種夢寐以求的生活呢？

如此這般，生來不具地位、不受繼承人職位的拘束，但也不被關愛與期待的安赫爾竟然脫離了么子的身分，多了個毫無血緣的弟弟。

「那個小鬼……就像是空殼一樣。」

一回想起初次見到暮雨的場景，與他那湖水綠的眼瞳四目相交時，安赫爾心中又浮現出足以映襯他情感的最原始的那個形容詞：霜雪般的孤兒。

多半是迷子穿越時空的精神性後遺症，暮雨封閉心靈的程度到了令人啞口無語的地步，冷澈、寡言而缺乏情感，時不時露出一副戒慎的樣子，情感表現遠低於同齡孩童該有的純真與開朗。

「還有那個……青金色的光芒。」

不只如此，還有那個與暮雨形影不離的青金色的寶石。

那股比天空還要湛藍，比海洋還深邃的光芒，若有似無的包裹著暮雨的瘦小身軀。

沒來由的，安赫爾總覺得那道伴隨著暮雨、穿越時空來到此地的青色寶石，正一點一滴侵蝕暮雨的神經與思緒，終將一日會吞噬他的所有視野，將他帶離這個世界。

★※★◎★※★

純血種的布瑟斯家族成員，幾乎都擁有絲綢般的銀白色髮絲。

撇開配偶、姻親與分家，留有純淨本家血脈的家族成員都擁有標誌性的銀髮，這髮色就像是商品專利一樣，可說是布瑟斯的象徵。

然而說來可笑，這頭雪色髮絲其實不過是格帝亞病毒侵蝕下的變異症狀，純種烙印者由於未混入一般人類的基因，格帝亞病毒的病徵尤其顯著。病徵多半無害，大多會反映在外貌上，布瑟斯家族的例子就是髮色基因受到破壞，隨著年齡增長，變成顯眼的銀白色。

安赫爾的金髮在夏日陽光下閃爍著亮麗色彩，髮尾呈現褪色般的銀白，每當他看見鏡中自己的髮尾尖端又褪了點色素，總有種成長般的竊喜感。他總是偷偷細數著：白色的部分又增加了，又長了一歲，又更接近大人了一點。

★※★◎★※★

到了傍晚，落下的太陽逐漸沒入地平線，海水的溫度開始降溫，視覺上的橘紅海洋仍顯露出若有似無的熱度。而暮雨就獨自佇立在空無一人的柔細沙灘上。

幾乎每到了黃昏，那個霜雪般的孤兒就會隻身一人站立在沙灘，全神貫注的、又或者是過濾掉所有思緒與想法的凝望著遠方的晚霞。

脾氣彆扭的安赫爾躲在別墅陽臺下連續觀察了好幾天，每天都是一成不變，這位冰冷的孤兒總是將青金色寶石握在手裡，遙望著橙色天空，直到太陽落下。

等到暮雨被夕陽染紅的眼珠再度恢復成祖母綠之後，才會靜悄悄的離開一片幽靜的沙灘。

「我說，你到底在看什麼啊？」

於是某天，終於按捺不住的安赫爾離開高樓陽臺，前往沙灘詢問了當事人。

其實他根本不想和暮雨說話，然而好奇心終究可以殺死一隻貓就是這麼一回事。

「看黃昏。」暮雨說道，口氣並沒有遲疑或躊躇，也感覺不到當初那種「不要接近我」的排外神色。

暮雨目不轉睛的眺望著遠方燃燒成橘色的地平線，回答了個乍聽之下理所當然、卻又有些奇妙的答案。他並不是在看海，而是在看每日太陽西墜時必定會出現的，俯拾即是的黃昏。

「這裡……不下雨呢。」暮雨接著這麼說。

——這個小鬼究竟在說些什麼東西啊？

安赫爾冷哼了一聲：「黃昏怎麼可能下雨啊？莫名其妙的傢伙。」原本還有點期待這默不作聲的冰塊孤兒會說些什麼建設性的話，想不到連最基本的邏輯也沒擦到邊，完全無法理解。

安赫爾下意識看見暮雨捧在手中的某樣東西，是顆呈現彎月狀、精細雕工的寶石。淡雅而精緻的寶石吸飽夕陽餘暉，透亮中呈現出奇異的光彩。

聽說那是當初暮雨被搭救時，身上唯一留下的物品。幾乎失去全部記憶而導致情感匱乏的暮雨不知怎的，彷彿將那顆寶石當作救命繩般，不曾脫離身邊。

好奇心占據著安赫爾小小的內心，他又不打算示弱，只好又偷偷瞄了眼暮雨手中那像深海般純粹無雜質的石頭。

安赫爾的視野就像是從海底往上看見海面的波浪紋路似的，穿越石頭，似乎可以窺視到暮雨掌心的細小紋路。

「這石頭到底是什麼？」

「我也不知道，不記得了。」

「……果然很莫名其妙。」

而且無聊透頂，說什麼都沒反應，簡直和靈魂被抽乾了沒兩樣，安赫爾把心中不明所以的煩躁與憤怒集中在腳尖，踢了腳下的細沙一腳，冷哼一聲轉身離去。

★※★◎★※★

隨著歲月流轉，安赫爾的金髮終於轉化為一片銀白細雪的絲綢。

他漸漸發現——身世記憶成謎的暮雨，唯一的喜好似乎就是閱讀。

本人雖沒有提及，但看著日累月積占據他房間的書櫃與書籍這點，即便他隻字不透露，都能察覺他相當喜歡書本這件事。

就連正值淘氣貪玩年紀的安赫爾，某次湊巧看見暮雨房間不計其數的書本時也驚呆了一陣子。

安赫爾曾經問過暮雨：「那種東西有什麼好看的？」

暮雨只是照例淡定的回答：「我不知道。」

「啊？」

「我不知道。」暮雨不厭其煩的又回答了一次：「只是隱約記得以前我也像這樣讀著書，所以，現在也想這麼做，只是這樣而已。」

只要反芻著失憶前的行為舉止，他所追尋的失落之物，總有一天就會再次回到他手中也不一定。暮雨的言外之意似乎如此表達。

「你就這麼想找回失去的記憶嗎？」

「不知道。」

「要是找回來了你要怎麼辦？」

「不知道。」

「你想離開這裡嗎？」

「不知道。」

不管來到這裡多久，這小鬼還是一樣莫名其妙，「……果然是個無聊的傢伙。」重複不知道第幾次的固定對話，安赫爾自討沒趣的離開了。

他相當明白這個從天外飛來一筆的神秘孤兒論資質、氣質與才華，都遠遠超出自己。打從家庭教師當時被暮雨遠遠超出同齡孩童的學識素養嚇得說不出話來，進而將相差五歲的他們兩兄弟安排在一起上課時，安赫爾就明曉了——自己唯一能勝過這孤兒的，就只有血脈與兄長的名分而已。

兩人之間維持著看似劍拔弩張、又靜態平衡的微妙關係，這種複雜的相處狀態終於在某次事件中面臨崩潰，重擊了安赫爾的自尊。

向來不曾探望他的父親，竟然為了暮雨而親自來到海邊別墅。

那位只在他的記憶中才存在著、平時總是必須依靠相片和影像才能烙印在心底的年邁紳士——幾乎從未對他灌輸愛與親情的父親，竟然為了一介身世未卜的迷子孤兒千里迢迢來到了別墅。

透過管家的書信報告，父親似乎相當期盼暮雨的才能與烙印價值，今後也打算將他投入足以讓他伸展的業界領域，間接讓布瑟斯的事業更添一番風華。

安赫爾撞見父親正彎下腰，輕巧的撫摸著暮雨的頭。

暮雨依舊垂著頭，像是無意反抗的籠中鳥般，他面對著父親——不如說是養父兼金主的話語，始終如一的低語回答：「是的，我會加油。」口氣中不帶一絲情感與抵抗，冷靜淡然的過分。

這時，長年累積下來的不滿與嫉妒終於燒灼起安赫爾的腦袋。

——為什麼是這個人？

安赫爾不是沒有努力過，只是無論在學術知識、品行禮儀或是各種領域上，即使他奪得怎樣光彩的成績，獲得多麼亮麗的稱讚，父親仍將其視為理所當然。

無論安赫爾如何宣揚著自己的盡心費力，身為本家的么子及邊緣人，終究得不到任何肯定。

但是，如今那個遭到時空遺棄的孤兒——他那毫無血緣關係的弟弟，竟然得到了本家的期許與稱讚。

——這究竟是為什麼呢？

時值情感激昂的青少年年齡，安赫爾不斷在心中反問著自己。當他某日再度看見暮雨佇立在夕陽西下的沙灘上時，尤其是看見暮雨那毫無情感的祖母綠瞳孔凝視著手上的青金石時，長年累積下來的憤恨與不滿終於淹到了喉嚨口。

安赫爾任由心跳隨著高昂的情感而加快，忿忿的走向沙灘，停在暮雨面前。

「……我說，你到底想怎樣？」他劈頭就是這句話，「莫名其妙的來到我們家裡，得到了我想要的東西，卻又一副默不關心的態度，你到底有什麼目的？」

夕陽將安赫爾那頭翹首盼望多年，好不容易得手的銀白色髮絲再度染回了類似白金的色澤。

暮雨依舊不洩漏情感，然而察覺到些許異狀的他緩緩抬起頭來，「什麼意思？」

「我是不懂你的來歷，但是比起眼前的人們，你認為身上那顆什麼都不是的石頭比較重要是嗎？是這樣嗎？真是無聊……無聊的傢伙！」

安赫爾不明白這份情感是怎麼回事，或許是年少輕狂的血氣方剛也不一定。

看到失去記憶卻始終重視著「某個東西」的暮雨，他感到相當煩躁，因為那個失去記憶的迷子——那個明明懵懵懂懂，卻如同有指標般引導他的生存意志的孩子，活得比他還像個人。

「重要的東西？哈，別笑死人了，你都失去記憶了哪還會有什麼重要的東西？還是說失憶只是假裝的？裝作一副一無所有的樣子就可以得到別人的同情是嗎？就算你騙得過父親，我也沒打算相信你！」

安赫爾一把搶過暮雨手中僅有的記憶線索——鑲有青金色寶石的項鍊。

「你做什——」

「這種鬼東西……消失算了！」

青金石脫離掌心時，暮雨顯露出前所未有的驚惶，看見那終於情感顯露的迷子，安赫爾登時有種獲勝的優越感。

安赫爾在感受到心中的勝利與煩躁交互編織時，身體像是被某種情緒操控了一樣，高舉握著寶石的手，用盡全力丟了出去。

青金石在夕陽天空下劃出一道吸滿橙色餘暉的半弧軌跡，朝著大海飛騰，「撲通」

一聲掉進了海洋中。

項鍊落入海裡揚起的細小漣漪立刻被波浪拍走，寶石墜入海中的聲音過於細小，卻久久不絕於耳畔。

「誰都不准幫他！」

安赫爾對著察覺到騷動而追趕過來的僕人們下達命令，被這位少爺一吼，本來想奔進海裡尋找寶石的僕人們一一縮回腳步，無助的盯著布瑟斯家的兩位少爺。

這份像是打架勝利似的、一文不值的喜悅並沒有持續太久。

若有似無的，安赫爾似乎感覺到暮雨的心跳聲漏了一拍。向來平靜如水，甚至冷如霜雪的暮雨露出至今為止最有情感、沉靜而哀傷的神情。

「你難道沒有……重要的東西嗎？」

他的口氣與平日無異，不符合稚嫩童聲，冷淡得毫無起伏，然而，平順語氣中蘊藏的激烈情緒卻撼動著安赫爾每一條思維。

「你難道沒有想要守護的東西嗎？」暮雨又問了一次，這也是他第一次用綠色眼瞳筆直的、不偏不倚的凝視著安赫爾。

冷若冰霜的兩口活泉正簇起情感高峰的火焰，安赫爾卻反倒覺得——對方就像是在哭泣一樣。

暮雨見他支支吾吾的說不出話來，也懶得浪費時間，在眾目睽睽之下，頭也不回的躍入海裡，彎入海水中尋找墜沉的青金色寶石。

冰雪的孤兒，那幼小而寂寥的身形沒入傍晚的深海中，猶似一艘無法靠岸的孤舟。

「……我回去了！」

好似多看一眼自己就會被捲入更深層的罪惡感般，安赫爾僅僅瞥了暮雨一下，哼一聲甩過頭，踩著沙子回到別墅裡。

那天夜晚過得相當漫長，海風也不知怎的特別寒涼。

直到深夜的星斗高掛於天空，安赫爾都靠在別墅陽臺前，偷偷觀望著海中那上下浮沉的人影。

時間一分一秒的過去了，身形瘦小的暮雨仍然像是載浮載沉的小船般，打撈著沉入海底的青金石。

大海撈針這詞，形容這場面再貼切不過。

──別傻了，那種小東西怎麼可能找得到？

或許是復仇心態平息，也可能是覺得自己的行為於事無補，安赫爾看夠了在海中奔波的人影後就用鼻子哼一聲，退回自己的臥室裡。

當天晚上，無論他怎麼翻身，或是緊閉上寶藍色的雙眼，仍像是窒息般輾轉難眠。

隔天一早，當晨曦才剛穿透窗簾，光芒嵌入房間地板的時候，安赫爾老早就睜開了眼。他下床的第一件事就是打開房門，奔跑到走廊的露天陽臺一角，低頭俯視著別墅附屬的沙灘。

那個尋找著青金石的迷子不見了。

取而代之的，是僕人傳來暮雨在海洋裡打撈了整整一夜後，終於找尋到被丟落的青金石，然後體力不支陷入昏迷的消息。

當初安赫爾下令不准幫忙尋找石頭的緣故，僕人們還真的不敢違抗，只能默默的旁觀幼小少爺在海中不斷浮潛。

無論怎樣勸說，暮雨也不肯上岸，最後幾位僕人真的於心不忍，違背安赫爾那賭氣似的命令，跳下海和暮雨一同尋找寶石的下落，並終於在清晨尋找到沉入海底沙泥的青金石項鍊。

暮雨在重拾青金石的瞬間，當場失去意識。

長時間失溫加上體力透支，身體本身就比一般同齡孩童虛弱的暮雨呈現高燒昏迷與脫水狀態，他被僕人裹著毛毯送回臥室休養，所幸無生命危險。

此次兩位小少爺之間的衝突事件在別墅中引起騷動，安赫爾遭受幾位說話較有分量的僕人責備，向來脾氣乖戾的他也只是回吼了一句：「囉嗦！那是他自作自受！」就將自己反鎖在房內，久久不肯進食。

看來布瑟斯的兩位少爺這次是兩敗俱傷。

安赫爾賭氣似的瑟縮在臥房裡也經過了大半天。

到了傍晚，有僕人陸續敲了幾次房門，見他沒有回應後，門的另一端竟然傳出鑰匙轉動孔洞的聲音，老管家用萬能鑰匙轉開了房門鎖，擅自闖了進來。

「你做什麼！」安赫爾不悅的瞪了眼擅作主張的老管家。

「再不吃點東西，我怕您也會暈倒。和小少爺一樣。」老管家慎重的說，語氣中還多了點調侃，長年替布瑟斯盡心盡力的他地位特別高重，負責著安赫爾的品行教育。

由於進來的人是父親派遣過來、長年服侍自己的老面孔，安赫爾難得沒有回嘴。

管家將裝有熱騰騰飯菜的托盤放到桌上，明白安赫爾空著肚子也打算繼續鬧彆扭的脾氣，便不急著掀開食物罩。

「小少爺現在還沒醒來。」

「和我說這個做什麼！」

聽見「小少爺」這稱呼，安赫爾原本摻雜著自責的情緒又被憤怒蓋了過去。明明在暮雨那個小鬼到來之前，身為么弟的他才是真正的「小少爺」。現在輩分升了，卻一點也高興不起來，反倒有種連名分都被那迷子搶走的不悅感。

老管家悄悄的走到他身旁，語重心長的吸了口氣，接著說道：「您或許不知道，只是老爺當初第一眼看見小少爺時，就主動提出收養了。」

「被買下來的不是？我早就知道了。」

「那也是原因之一，但是……安赫爾少爺，老爺也是為了您。」

「啊？」

「您和其他兄姊們年紀相差甚遠，幾乎沒有交集，老爺擔心這樣的您會孤單寂寞，因此才將小少爺帶到了這裡。」

安赫爾其實是父親第三任妻子的兒子。

光就名分與輩分而言，自然沒有布瑟斯當家的繼承權，他本身也沒有爭權奪利的欲望，和上頭那些與他年紀相差甚遠、懷有雄心壯志的兄姊們也幾乎沒有交流。

他會遠離本家來到海灘別墅定居，也是母親不希望他待在因權勢而變得險惡的本家家庭，於是指派他分居到別的住處。

「要是他真的擔心我……那就自己過來啊。」

回過神來時，安赫爾早就對著無辜的管家大罵：「不是像拿糖果哄小孩那樣……要是真的擔心我，他就應該自己過來見我啊！為了我才把那小鬼買下來？別開玩笑了，誰會高興啊，不要把人說的好像是物品一樣！」

安赫爾氣急敗壞的對著管家遷怒，一甩門衝了出去。

其實他早就明白自己如波濤般洶湧混亂的心裡究竟在想著什麼：幾乎不曾得到家族關愛的他，出於自私與報復，他不打算保護暮雨。

——那個孤兒怎樣都與我無干！

然而一想到父親是為了這種理由而將暮雨買下來送到他身邊，一股沒來由的不滿與憤怒就順著體內流動的血液奔騰至他的心臟。

安赫爾漫無目的的奔走於別墅之間。

當他終於察覺到自己的行動時，他早已推開僕人們的勸阻，粗魯的闖進了暮雨的房間裡。

他下令不准有任何人進來，隨即鎖上房門，拉了張椅子坐到床邊，不發一語的盯著床上熟睡的……自己那毫無血緣的么弟。

「……可悲的傢伙。」

不知道是嘲笑暮雨，還是說給自己聽的，安赫爾如此低喃。

他的聲音像是粉塵般化散於空氣中，最後被暮雨微弱而紊亂的吐息聲蓋了過去。

「你和我都是……可悲的傢伙。」

暮雨的房間內照常充斥著淡淡書香氣。那小鬼不知怎的，比起流通的電子書籍，似乎更喜歡指尖觸摸紙本頁面的感覺。

淡雅簡樸的房間內除了基本家具和占據數面牆的書櫃外，可說是空無一物。

夜晚時分，暮雨陷入昏睡的緣故沒有點燈，安赫爾只能透過由窗口撒入的月光來辨明床上那位迷子的清秀輪廓，細長的睫毛緊貼著眼瞼，額間分泌出些許汗珠。

暮雨似乎陷入某種不可解的夢魘般，囈語從他半開的脣瓣中傾瀉了出來。

「——不要，離開我……」

安赫爾皺眉，「……什麼？」

「不要，離開我……」

照理而言，失去意識的暮雨伸出埋在棉被下的手臂，朝空無一物的眼前一攫，理所當然的，再怎麼抓取，只有空氣自他的指縫間流出。

安赫爾怔忡在原地，這個孩子在追尋著什麼？

「不要離開我，不要丟下我一個人，我不想……忘記你們啊……」

——暮雨究竟在追逐著誰？原本的家人嗎？

冷不防的，一盞不屬於人工白熾燈，也絕非月亮的光源驀然點亮了安赫爾的視線。

暮雨掛在頸項的青金石不知何時蕩漾出一股水波般的奇異光芒，那抹光暈彷彿夏日銀河，又似寄宿著星雲的晶滴，自他的胸口開始緩緩擴張。

數秒內，暮雨像是呱呱墜地的嬰兒般，被那道柔和未知的水色光芒包裹住。

目睹那道光芒的安赫爾，生平第一次感受到了難以言喻的恐懼。

因為，那道光就好像是——要帶走暮雨一樣。

「你就這麼……想要回去嗎？」

不可思議的拋下至今為止的警戒與成見，應該說幾乎沒多想的，安赫爾抓住暮雨騰空的手，如此低問著他。

「擁有名聲與家庭，衣食不缺，也得到了父親的關愛與期待……卻還是……想要回到原本的家人身邊嗎？」

小時候無人關心自己，然而那些遠在回憶中的父母、親戚還有兄姊們卻宛如走馬燈般一一閃爍過安赫爾的腦際，每一段記憶都清晰的猶似新雪。

「你就這麼想要……找回失去的記憶嗎？」

「安……赫爾。」

暮雨痛苦的皺緊臉，不知是現實闖入回憶片段，或是本身就是毫無邏輯性的囈語，他竟然斷斷續續呼喚著自己那毫無血緣的兄長名諱。

「對，不起。」暮雨說道：「……對不起。」

「……」

握著的指尖感受不到任何溫度，果然是霜雪的孤兒，安赫爾如此暗忖。

現場宛如時間凍結般，空氣一片冷凝，安赫爾凝視著被捲入無名惡夢的暮雨，緊握住他的手，即便自己的體溫逐漸被暮雨影響而變得冰冷，仍始終沒有怨言。

——如果你也和我一樣的話……

——如果你也和我一樣，感到寂寞的話……

「那麼就，就留下來吧。」安赫爾發出歌唱般的輕柔呢喃。

——在你恢復記憶之前，我會成為你的家人。

——請讓我成為你的家人。

「然後，尋找你失去的記憶。」

——我會陪你一起。這樣，或許我們都不會寂寞了。

「或許無法比得上你過去的親人，但是我會努力成為你『現在』的家人。」

彷彿受到星辰的引力牽引般，安赫爾感覺到手中的力量牽扯一動——照理而言失去意識的暮雨，此時似乎用著微乎其微的力量回握住了他的手。

兩個細瘦狹窄的小小手心，耗費許久，終於聯繫在了一起。

試圖帶走暮雨的青金色光芒逐漸歇息，不一會兒，終於不復見。

這就是埋藏於安赫爾心中深處的——首次成為兄長的小小契機。

★※★◎★※★

3000C. E.——

梅菲斯與艾米爾私下襲擊布瑟斯本家並離去後，又經過了幾天。

室內的日光燈照耀下，被奪走烙印的暮雨腳下出現了黑影，這是他有生以來第一次看見自己的影子，雖說這樣的心態相當不符合戰亂時該有的警戒，他仍有些稀奇的端詳了腳下的黑色陰影一陣子。

倚靠在落地窗旁，他側眼望著窗外的黑夜，沒來由的回憶起昔日時光。

在海邊別墅，年幼的安赫爾成為自己兄長的那一瞬間。

「身體好點了嗎？」

正好有人連門也沒敲就走進房門，暮雨朝門口看了過去，如此隨意自由的恐怕也只有自己的兄長了，真是說曹操，曹操到。

安赫爾悠閒的晃入他的房間。不知有心還是無意，在各方面陷入絕望的現況中，他仍有辦法維持平日的氣定神閒。

——這也算是一種才能了。

暮雨冷哼一聲：「本來就沒什麼大礙。」

「放心，我們家暮雨小老弟就算沒有烙印，也是破壞力十足的活動兵器。」

烙印被奪走後，淪為普通人類的身體似乎變得有些笨重，行動變得遲緩，這種事情他沒打算說出口。

安赫爾也徐徐晃到窗前，沒來由說了一句：「……真懷念呀。」

「什麼？」

「沒什麼，只是回憶起往事而已。」

這種局勢一觸即發的糟糕情況下，自家老弟竟然還有心情凝望夜空，要是一個不小心有炮彈鎖定他們轟過來可就糟了，安赫爾「刷」的一聲把窗簾拉上。

「和烙印什麼的無關，從那時候起，你就是我的家人了。因為已經約定好了嘛，直到你找回記憶之前，我都是你的哥哥。」安赫爾突然這麼說道。

看來無關乎血緣，在這種夜色下，兄弟檔總會憶起相同的往常。

「只是，我現在可以反悔嗎？」

「安赫爾？」

「就算現在你恢復了記憶，也找回了從前的家人，我還是可以……繼續成為你的哥哥嗎？」

——就算沒有流著相同的血，被奪走了力量，你也一樣是我的家人。

——即便布瑟斯因為烙印一事而捨棄了你，我永遠都是你的哥哥。

如此矯情浮誇的話，安赫爾再怎麼不害臊，仍沒辦法從嘴裡吐出來就是了。

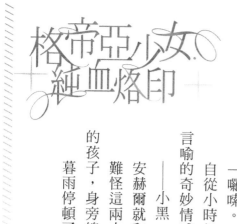

「……當然可以。」倒是暮雨給他個臺階下，又補了一句：「問什麼廢話。」

「只是小忠喵和白隼夫婦出現後，我總覺得自己好不容易得手的家人原來從頭到尾都不是自己的，還得拱手讓人，實在有點感傷呢。」

「……我是，布瑟斯的人。」暮雨閉上眼，語塞了數秒，「打從那一刻起我就是你的家人，這點永遠不會改變。」

「嘿嘿，害羞啦？」

「囉嗦。」

自從小時候，安赫爾答應要陪他追尋記憶的那一刻起，暮雨對這位兄長就有股難以言喻的奇妙情感，他始終無法形容，現在總算找到詞彙了。

——小黑。諾瓦爾。

安赫爾就和小黑一樣，總是默默守護著乖僻而不受人喜愛的他。

難怪這兩人總給他一種意氣相投的錯覺，看來無論他是布瑟斯家的孩子，還是白家的孩子，身旁總會有著這些溫柔的兄長們。

暮雨停頓了數秒，才再開口：「……哥。」

「哦？」

「就算是這樣的我，一定還有我能辦到的事情。」

「……暮雨？」

兩人絲毫沒有察覺──倚靠在門扇外的白火，聽聞了這段回憶往事後，悄悄的隱藏身影離去。

番外《青金石的追思曲》完

敬請期待《格帝亞少女～純血烙印06》精采完結篇！

債主大人的人魚餵養日常
The Daily Life of the Mermaid's Creditor
Novel 墨然回首
Illust 非光
……
那，你們是怎麼交……咳，養你的呢？
只會三十六種借錢技巧的純潔人魚 X
擁有一百種整死魚辦法的腹黑二世子
LOVE LOVE的少女系物語
從哺乳動物
變成了脊椎魚類！
跨物種戀愛這麼重口味，真的可以嗎？！
兩集，全國各大書店、租書店、網路書店持續熱賣中！
典藏閣
華文聯合出版平台
www.book4u.com.tw
采舍國際
www.silkbook.com
不思議工作室
立即搜尋
版權所有© Copyright 2015

總裁大人の求愛攻略
Novel-----霧十
久木-----Illust
總裁
黑屬性 Star
讀作傲嬌
粉紅總裁的少女心
火熱全開!!
我就是有錢、
我就是任性；
總之，
三個月內
我就是要結婚!!!
嗯，就決定是你了，皮卡丘!!
哈、哈。
(有種，有本事妳就試試)
全套兩集。全國各大書店、租書店、網路書店持續熱賣中!
典藏閣
華文聯合出版平台
www.book4u.com.tw
采舍國際
www.silkbook.com
不思議工作室
立即搜尋
版權所有© Copyright 20

飛小說系列164

# 格帝亞少女～純血烙印05

## 青金石的悖論

出版者■典藏閣
作　者■響生　繪　者■高橋麵包
美術設計■Aloya
總編輯■歐綾纖
製作團隊■不思議工作室
郵撥帳號■50017206 采舍國際有限公司（郵撥購買，請另付一成郵資）
台灣出版中心■新北市中和區中山路2段366巷10號10樓
電　話■(02)2248-7896　傳　真■(02)2248-7758
物流中心■新北市中和區中山路2段366巷10號3樓
電　話■(02)8245-8786　傳　真■(02)8245-8718
ISBN■978-986-271-784-4
出版日期■2017年8月

全球華文國際市場總代理／采舍國際
地　址■新北市中和區中山路2段366巷10號3樓
電　話■(02)8245-8786　傳　真■(02)8245-8718

新絲路網路書店
地　址■新北市中和區中山路2段366巷10號10樓
網　址■www.silkbook.com
電　話■(02)8245-9896
傳　真■(02)8245-8819

☞您在什麼地方購買本書？☜

1. 便利商店（______市／縣）：☐7-11　☐全家　☐萊爾富　☐其他______________

2. 網路書店：☐新絲路　☐博客來　☐金石堂　☐其他__________

3. 書店（______市／縣）：☐金石堂　☐蛙蛙書店　☐安利美特animate　☐其他_____

姓名：__________地址：________________________________________

聯絡電話：__________電子郵箱：________________________________________

您的性別：☐男　☐女　　　您的生日：__________年__________月__________日

（請務必填妥基本資料，以利贈品寄送）

您的職業：☐上班族　☐學生　☐服務業　☐軍警公教　☐資訊業　☐娛樂相關產業

☐自由業　☐其他____________

您的學歷：☐高中（含高中以下）　☐專科、大學　☐研究所以上

☞購買前☜

您從何處得知本書：☐逛書店　☐網路廣告（網站：______________）　☐親友介紹

（可複選）　☐出版書訊　☐銷售人員推薦　☐其他____________________

本書吸引您的原因：☐書名很好　☐封面精美　☐書腰文字　☐封底文字　☐欣賞作家

（可複選）　☐喜歡畫家　☐價格合理　☐題材有趣　☐廣告印象深刻

☐其他____________________

☞購買後☜

您滿意的部份：☐書名　☐封面　☐故事內容　☐版面編排　☐價格　☐贈品

（可複選）　☐其他

不滿意的部份：☐書名　☐封面　☐故事內容　☐版面編排　☐價格　☐贈品

（可複選）　☐其他

您對本書以及典藏閣的建議________________________________________

________________________________________________________________

________________________________________________________________

✌未來您是否願意收到相關書訊？☐是　☐否

✍感謝您寶貴的意見✍

**印刷品**

$3.5

請貼
3.5元
郵票

不思議信箱
FUSIGI POST

235 新北市中和區中山路二段366巷10號10樓

# 華文網出版集團　收

（典藏閣－不思議工作室）

格帝亞少女
純血烙印
Goetia
05